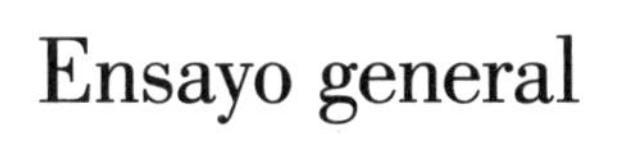
Ensayo general

Milena Busquets

Ensayo general

EDITORIAL ANAGRAMA
BARCELONA

Ilustración: «Tossa de Mar, 1965. Grupo de jóvenes en la playa»,
© Herederos de Xavier Miserachs, Colección MACBA,
Centro de Estudios y Documentación, Fondo Xavier Miserachs

Primera edición: *marzo 2024*

Diseño de la colección: Julio Vivas y Estudio A

Pau Claris, 172
08037 Barcelona

ISBN: 978-84-339-2296-0
Depósito legal: B. 1183-2024

Printed in Spain

Liberdúplex, S. L. U., ctra. BV 2249, km 7,4 - Polígono Torrentfondo
08791 Sant Llorenç d'Hortons

Para Héctor y para Noé, como siempre

L'amour est à réinventer, on le sait.

[Hay que reinventar el amor, es cosa sabida.]

ARTHUR RIMBAUD,
Une saison en enfer

LO QUE HE PERDIDO

Ya no tendré más hijos, no volveré a sentir el calor de un bebé propio contra mi pecho, la ligera repugnancia al cambiar un pañal y la satisfacción (tan banal, tan completa) una vez el niño está limpio, tranquilo y reluciente. Ni la identificación, ni el reconocimiento, ni el afán de protección. Tres kilos y medio de peso ya no significarán nada para mí. No volveré a creer que algo milagroso ha sucedido y que lo tengo entre los brazos. No habrá más ropa diminuta que lavar, ni cuna de mimbre con cortinas de encaje agitadas por la brisa, ni biberones apilados como torres en el fregadero, ni mantas espumosas de color rosa más pequeñas que mis chales.

Paso por delante de la sección de pañales del supermercado sin detenerme, mirándolos de reojo e intentando recordar la época en que ir a comprarlos era parte de nuestra vida cotidiana y quedarse sin ninguno un drama terrible, tan grave como quedarse sin tabaco unos años antes, cuando nos encantaba fumar y en casa siempre había café, cigarrillos y vino, los elementos clave, pensábamos entonces, de una vida de adultos apenas iniciada.

Y cuando alguna vez, al ir acompañada de mis hijos, tengo el valor de detenerme (los hijos te hacen más valiente y más cobarde, más generoso y más mezquino, más mortal y más inmortal; ser padre es un estado exacerbado), me parece increíble que en un pasado no tan lejano comprase pañales, los escogiese con cuidado y sintiese un orgullo secreto cuando mis hijos pasaban a la talla superior. Entonces Noé y Héctor me miran, sorprendidos, risueños o ligeramente ofendidos según el día y me dicen: «Pero, mamá, ¿qué haces?». «Venga, vamos a comprar cereales.»

Ya no sé coger en brazos a un recién nacido –queda un hueco en mi cuerpo, el recuerdo de un gesto y de una postura específica, un rastro lejano y desvaído, no muy distinto al que han dejado algunos hombres, ningún cuerpo pasa de forma significativa por otro sin dejar una marca, todos los cuerpos están llenos de huellas, no quedará ni un centímetro libre– y, aunque dedicase el resto de mi vida a vagar por el mundo acunando bebés, no serían ni Héctor ni Noé, y tampoco sería yo.

No volveré a recorrer las calles como si el mundo fuese mío, como si estuviese a mis pies y yo a los suyos, como si fuese a poblarlo de criaturas maravillosas, como los dioses y los jóvenes, refundándolo a cada minuto, dejando un reguero de flores y de deseo en su camino. Ya no voy por el mundo, o casi nunca, susurrando al oído de quien quiera escucharlo: «Ven, te voy a hacer feliz». Ayer vi a una chica cruzando la calle, llevaba unas bermudas vaqueras medio caídas, botas militares bajas y una camiseta de manga corta sin sujetador. Algo le daba igual, todo le daba igual, su vida pesaba un gramo, la llevaba en el bolsillo trasero del pantalón, junto al mechero. Ya no dividiré las aguas como Moisés. Ya no volveré a ser un animal salvaje paseando por la selva. Tampoco iré a Londres con mi madre, ni volveré a conocer a Grego y a Enric.

Me quedan los viajes con mis hijos y la lectura. En los libros, la salvación completa todavía es posible, como cuando mi madre vivía; fuera, no; en la escritura, no. Acabo de dejar a un hombre del que estoy enamorada y tengo ciento cincuenta años.

MARISA

Marisa pesaba ochenta kilos, siempre estaba intentado hacer dieta, tenía el pelo negro y reluciente como un ala de cuervo y las uñas rojas como la madrastra de Blancanieves. De niña observaba fascinada cómo se las pintaba, las dos sentadas en la mesa del comedor de Cadaqués, ella en la cabecera y yo, pequeña aprendiz atenta, a su lado. Me parecía que aquella mezcla de ritual satánico –los algodones tiñéndose de rojo, los diversos artilugios punzantes para cortar y retirar pieles, el olor a acetona y a esmalte de uñas, la prohibición absoluta de tocar nada– y de quehacer cotidiano –en aquel mismo lugar, otros días o al atardecer, la veía pelar patatas y mondar judías para la cena– escondía un gran secreto. De Marisa y de Elenita, su hija, con la que me llevaba siete años y que también veraneaba con nosotros en Cadaqués (además de Pupi, su hermana mayor, antes de casarse, y de Lali, la caniche negra gigante; mi hermano y yo estábamos en franca y feliz minoría), aprendí una forma de feminidad opuesta a la elegancia beige y perlada de mi abuela y a la indiferencia absoluta de mi madre por cualquier asunto de acicalamiento personal. Gracias a ellas descubrí que me gustaba ser mujer mucho antes de serlo. Desde mis once años observaba los dieciocho de Elenita con arrobo y fascinación. Elenita tenía la nariz recta, los labios carnosos, un gesto en la boca entre despectivo y socarrón que hacía que se pareciese a Elvis Presley, un cuerpo largo, exuberante y macizo, una piel hecha para estar al sol y una melena negra, suave y ondulada. Cumplía con todos los requisitos de la belleza española, los guapos turistas que entonces poblaban Cadaqués se desmayaban a su paso y me encantaba ir a hacer la compra y de paseo con ella. Elenita salía cada noche, tardaba horas en arreglarse, se probaba y desechaba mil conjuntos, cuando por fin había escogido uno, se secaba el pelo (con secador, a mí me estaba prohibido utilizarlo para que no me electrocutase, porque aunque se me consideraba la niña más lista del mundo, se me trataba como a la más tonta) hasta convertirlo en una vaporosa nube negra y, justo antes de salir por la puerta, se perfumaba y se pintaba los labios. Yo, que a los once años ya había ido a París y a Venecia, que ya había visto las pirámides de Egipto y que iba a menudo al teatro, no había presenciado nunca un espectáculo como aquel. A la mañana siguiente esperábamos con impaciencia a que se despertase y subiese a desayunar (con el pelo deshecho, el rímel corrido y un camisón de batista blanca, más guapa incluso, si cabe, que la noche anterior) para contarnos todas sus aventuras.

Cualquier gesto de feminidad un poco artificial y que requiriese un esfuerzo me fascinaba, tal vez por haber tenido una madre a la que la apariencia física no le importaba nada. En cualquier caso, no heredé la feminidad, como alguna de mis amigas con madres más presumidas; la descubrí, del mismo modo que descubrí el amor físico, sola, con regocijo, como una aventura.

Marisa, nuestra niñera, era valiente y decidida, dura, terca, cariñosa pero sin ningún tipo de sentimentalismo (más con mi hermano que conmigo, pues intentaba equilibrar una balanza que estaba siempre inclinada a mi favor: mi padre y mi abuelo me adoraban porque eran hombres y yo era una niña; mi madre y su mejor amiga, mi madrina, me adoraban porque eran feministas y yo era una niña, y en general me adoraba todo el mundo porque mi único empeño en la vida era ser adorada, no adorable, adorada). Marisa era también perezosa como toda la gente sensual, manirrota y muy buena contando historias. Había tenido una vida larga y llena de altibajos, pero, siempre que nos hablaba de su pasado, nos hacía reír, no conocía el lamento. Y era tan pasota como mi abuelo: menos dos o tres cosas en la vida, todo les daba igual, no se alteraban por nada, no se dejaban arrastrar por el tumulto, pero eran generosos y magnánimos, todo el mundo les quería (o yo les quería). Creo que ese tipo de pasotismo positivo que en realidad no es más que una forma de tolerancia extrema ha pasado de moda. Es una lástima, era gente que hacía lo que se tenía que hacer, sin enfadarse ni indignarse y sin importarles nunca lo que fuesen a pensar los demás.

Marisa fue mi niñera, mi canguro, mi tata o como se llame ahora (seguro que alguien ha inventado una palabra más igualitaria y justa), pero ninguno de esos términos abarca lo que representó realmente para mí. Tampoco puedo decir que fuese como una segunda madre, sobreviví a la primera por los pelos.

Al final de su vida, cuando ya llevaba muchos años viviendo en Cadaqués, decidió comprarse una moto para subir y bajar por las cuestas del pueblo. Era una locura y una irresponsabilidad y sus hijas (y el marido de la mayor, que era un hombre muy serio y muy sensato) pusieron el grito en el cielo. Se la compró de todos modos, claro, como hubiese hecho mi madre. Tengo dos imágenes de Marisa (tengo miles, pero dos favoritas, antagónicas –si no tienes al menos dos imágenes absolutamente antagónicas de alguien, es que en realidad no le conociste–) que la definen: el ritual lento y minucioso de pintarse las uñas de escarlata y ella encima de la moto –un poco demasiado gorda y un poco demasiado mayor tal vez para ir en moto– recorriendo el pueblo a toda velocidad con las bolsas de la compra, el pelo gris todavía magnífico revoloteando alrededor de su cara y una sonrisa triunfal en el rostro. En el hospital me dijo que quería que su nieto favorito, el más gamberro y alocado, se quedase con la moto. No sé dónde fue a parar al final. El día del funeral, que estaba lleno de militares muy circunspectos a los que no habíamos visto jamás en la vida (Marisa era hija de militares de León), y al que me acompañó la señora de la limpieza de mi madre (aunque tampoco se puede decir que fuese solo la señora de la limpieza, todas las personas que trabajaban para mi madre acababan siendo amigos y casi familia, con las ventajas y los inconvenientes que eso conllevaba) porque ella estaba de viaje y a mi hermano no le gustan los funerales, Elenita me abrazó y me dijo: «¿Qué voy a hacer sin mamá?».

Elenita murió unos años más tarde de un cáncer de ovarios. Tenía un hijo. Un día, años después de todas las muertes, me pareció verlo en la plaza del pueblo, se había convertido en un adolescente moreno y espigado, con el rostro extraordinario, sensual y un poco embobado de su madre. Me acerqué a él y le pregunté, estúpidamente conmovida y esperanzada: «Eres el hijo de Elenita, ¿verdad?». Me miró de arriba abajo con cara de asco, entornó los ojos y contestó: «No». A continuación dio media vuelta y se marchó, tan tranquilo y con tanta desfachatez como un príncipe. Seguro que Marisa se hubiese reído.

Cuando intento recordar instantáneas de personas queridas, también veo a mi madre en alta mar, del lado de Cap de Creus, flotando en medio de las olas, sacando solo la cabeza castaña y luego gris fuera del agua, rogándome que me tirase de una vez, asegurándome que el agua estaba buenísima, increíble, como nunca, el mejor baño del verano, que me arrepentiría muchísimo si no lo hacía.

También veo a mi abuelo caminando por el paseo Bonanova en dirección a nuestra casa. En una mano lleva un paquetito alargado atado con un cordel marrón, una tarta de manzana de Foix, y con la otra sujeta la correa de uno de nuestros teckels. Se ha puesto un viejo jersey de cashmere beige con cuello de pico –otro ritual manual que me fascinaba de niña: como todo el mundo sabe, el cashmere bueno hace bolitas. Pues mi abuelo materno, que era cirujano, una vez al año, con unas diminutas tijeras cortaba todas las bolitas de sus jerséis, un trabajo de chinos. A mi abuelo la ropa le importaba un pimiento, llevaba la que tenía hasta que se caía a pedazos –mi abuela, tan elegante, tan perfecta, se ponía enferma– y un pantalón de pana del mismo color. No sé quién es, pero es mi abuelo. A su lado soy feliz, vamos al cine, merendamos copas de helado gigantes, leemos cuentos hasta que me los sé de memoria y una vez a la semana retira delicadamente, ante las miradas atónitas e indignadas de la cocinera, de mi madre y de mi abuela, uno a uno, los fideos de mi sopa de arroz y fideos porque sabe que el arroz me gusta pero los fideos no.

Camino con un ejército detrás de mí: un viejo con una tarta de manzana en la mano, una gorda encima de una moto tambaleante y una mujer con el pelo gris en medio de las olas. Son invencibles.

ROMEO Y JULIETA

Romeo y Julieta se hubiesen acabado separando, lo sabe todo el mundo. Dos adolescentes apasionados y malcriados, dos niños bien soñadores y noveleros no hubiesen tolerado que su amor se debilitase y se transformase en una amistad, una hermandad, una asociación o como se llame ahora, tampoco hubiesen aceptado tener una relación abierta o permitido que entrasen terceras personas en la partida, aunque eran jóvenes, no eran tontos, en el amor solo existe un número, el dos, ni el uno, ni el tres, ni el cuatro, ni el cinco. Romeo y Julieta no hubiesen claudicado ante el paso del tiempo, ante el temor a estar solos o ante el miedo a la enfermedad, a la vejez y a la pobreza. Romeo y Julieta nunca se hubiesen convertido en un equipo, él nunca la hubiese llamado «mamá» –he tenido suerte en esta vida, me han llamado «puta» alguna vez, pero nunca ningún hombre (a excepción de mis hijos, claro) se ha atrevido a llamarme «mamá–, ella nunca le hubiese repetido lo mismo quince veces y él no le hubiese dicho jamás que era una pesada. Aun así, me alegro de que Shakespeare se lo impidiese.

Me alegro de que Antígona prefiriese morir de un modo horrible a acatar unas leyes que impedían dar a su hermano una sepultura digna. Me alegro de que Rimbaud dejase de escribir poemas a los diecinueve años porque a los diecinueve años ya lo sabes todo, mucho más que a los cincuenta. Me alegro mucho de que Peter Pan no creciese (como siempre, la que se jode es ella, Wendy sí que pasa a la edad adulta, ella sí que se enfrentará al paso del tiempo, y luego a la muerte).

Y, sin embargo, ayer vi a un hombre al que conozco desde hace treinta años meterse en el mar de Cadaqués con su perro y lo que sentí por él fue amor eterno. Y la semana pasada acabé en urgencias de madrugada a causa de una amigdalitis aguda y otro hombre, al que conozco desde hace más de veinte, me acompañó y me dio la mano mientras me sacaban sangre y me inyectaban medicinas, y lo que sentí por él también fue amor eterno, no hay otra manera de describirlo. En ninguno de los dos casos me cegaba el amor, más bien todo lo contrario, eran dos amores viejos, gastados, vividos intensamente, dos hombres con los que había ido al fin del mundo, los había amado y odiado todo lo que soy capaz de amar y de odiar a alguien, y había sido debidamente correspondida.

Uno es un hombre corpulento, lleva un traje de baño viejo y descolorido, si una ola se lo arrancase no le daría ninguna vergüenza, simplemente se echaría a reír y lanzaría algún improperio en catalán, *collons!* Enric se adentra en el mar con su perro labrador, Patum, que le sigue obediente. Es octubre y ha empezado a refrescar, él y Patum son los únicos bañistas, los transeúntes los miran admirativos y, sin saberlo, conmovidos: un hombre que parece un dios caído en desgracia con su perro al lado entrando en el mar de Cadaqués. Los últimos rayos de sol acarician los hombros del padre de mi hijo mayor y hacen relucir el pelo negro de Patum.

El otro, Grego, era un hombre que, a pesar de mis súplicas, había pasado todo el invierno con la misma chaqueta raída de algodón azul (no concibo llevar una chaqueta de algodón liviano encima de un jersey de lana, a fin de cuentas soy una burguesa. He escrito mucho sobre estilo y elegancia pero, a la hora de la verdad, siempre me he enamorado de hombres a los que la ropa importaba muy poco. El único tipo de elegancia que de verdad me interesa es la elegancia de los héroes) y que me miraba en aquel momento con cara de preocupación mientras me acariciaba la mano en un hospital desierto a las dos de la madrugada. Entonces pensé (tal vez fuese el efecto de los antibióticos y del final del verano, que siempre es una enfermedad grave, cada año siento deseos de matar a los que dan la bienvenida al otoño, como si no fuese la muerte el otoño, el cierre hermético del mar, el final de los días infinitos y de los amores locos) que aquellos hombres eran los hombres de mi vida y que tal vez no hubiese más. ¡Oh, las cartas estaban echadas! Están siempre echadas mucho antes de lo que pensamos. Y lamenté un poco que Romeo y Julieta hubiesen muerto.

HA PASADO UN TREN

Ha pasado un tren y ahora, dentro de un rato, pasará otro. No sé si vale la pena arrepentirse del pasado, sentir remordimientos o pensar en las oportunidades perdidas. Nunca en mi vida pensé: «Esta es mi oportunidad, este es mi momento, hay que aprovecharlo» (pero he visto la expresión en la mirada, los andares y los gestos de la gente que piensa eso y siempre me dan ganas de servirles un whisky triple para que se calmen). Nunca me subí a ningún tren en marcha, nunca vi venir nada. Desaproveché todos los momentos, todas las ocasiones, todas las oportunidades, me han acabado despidiendo de todos los sitios donde he trabajado. Cuando el tren en el que iba subida dejó de gustarme, me bajé sin demasiados aspavientos, con mis maletas y mis bártulos, cada día más llenas y viejas, como la mendiga de *Mary Poppins* –a lo largo de mi vida habré acabado siendo todos los personajes de esa película: la niña pequeña, el deshollinador, el señor que toma el té en el techo, Mary Poppins, claro, y, finalmente, la mendiga–, y esperé obedientemente en el andén a que llegase el siguiente. Me echaron de un montón de trenes, aprendí a bajarme de un salto, disimulando la vergüenza y el dolor. Hay trenes, sobre todo uno, de los que me expulsaron gravemente herida, irreconocible. Subí siendo una persona y bajé convertida en otra. La mayoría de esas heridas se curaron con el tiempo, muy largo tiempo a veces, once años. Pero más o menos me recuperé de todas. Aprendí a reconocer a la gente herida, que es la única que me interesa y la única que puede dedicarse cabalmente al oficio de escribir. Tuve que saltar de algunos trenes en marcha porque si no me hubiese muerto. Hay trenes en los que fui feliz durante años, miraba por la ventanilla y veía el mar reluciente pasando veloz, fue verano durante muchísimos años de mi vida. La mayoría de los trenes no iban a ninguna parte, porque es allí donde vamos todos. Hice descarrilar algunos, pero casi siempre conmigo dentro (como todas las personas un poco infantiles, detesto la traición). Descubrí que me gustaban los andenes, que se estaba bien también en los bancos de las estaciones, que eran buenos lugares para descansar. Aprendí a descender de los trenes con gracia, sin mirar atrás, sin convertirme en una estatua de sal. Hice amigos en los bancos de los andenes. Me regalaron manzanas y cigarrillos, y a veces me dieron la mano para que me durmiera. Aprendí a dormir en los andenes como mi madre había hecho una vez en su juventud (cuando de niña me contó esa historia me pareció la mayor de las aventuras y se la hice repetir mil veces). Pasé meses, a veces años, sentada en el andén, lista para saltar sobre el siguiente tren. Hasta que un día me di cuenta de que perder el tren, los trenes que fueran, ya no me daba ningún miedo. Y entonces salí de la estación.

LA CASA DE LOS LIBROS

LA BIBLIOTECA

Durante los primeros meses de mi estancia en Londres estudiando arqueología fui bastante a menudo a la biblioteca. Era un edificio gris de los años cincuenta con rincones sombríos, estanterías de madera que llegaban hasta el techo y gruesos volúmenes polvorientos que solo se consultaban una vez cada cien años. Pensaba, muy tontamente por cierto, que era el lugar perfecto para conocer a gente interesante, o sea, a chicos interesantes, o sea, a chicos guapos, pero por desgracia me aburrí muchísimo y no conocí a nadie en absoluto. Contrariamente a lo que sugieren las películas, en la vida real nadie conoce a nadie (o sea, nadie se enamora) en las bibliotecas, al menos en las bibliotecas británicas, ni tampoco en los museos, ni en los aeropuertos mientras esperas a que llegue tu amiga o tu hijo. En cambio, en casi todas las películas que he visto, la gente (incluso la gente bien educada) habla con la boca llena, señala con los cubiertos y hace el gesto de oler la comida, algo que por fortuna casi nunca ocurre en la vida real. Ningún mundo es perfecto.

Entonces, una vez perdida la esperanza de que me ocurriese algo emocionante en la biblioteca, empecé a ir simplemente para hacer la siesta y descansar un poco. En aquella época compartía un piso de estudiante en una zona bastante peligrosa de la ciudad al sur del río y no tenía tiempo de volver a casa a la hora de comer. Cuando al cabo de unos meses (después de ver un apuñalamiento en la puerta de casa) me trasladé a una residencia que estaba justo delante de la facultad, no volví a pisar la biblioteca. Solo regresé una vez, antes de marcharme de vacaciones, para devolver unos cuantos libros y pagar una multa estratosférica por retrasos acumulados.

LA LIBRERÍA

Las librerías pueden ser lugares un poco complicados para los escritores, sobre todo si acaban de publicar un libro o si están un poco deprimidos. Mis librerías favoritas son las francesas (la cultura francesa es mi verdadera cultura, estudié de los tres a los dieciocho años en el Liceo Francés de Barcelona, aprendí a leer y a escribir antes en francés que en castellano y la mayoría de mis autores favoritos son franceses). Jamás me sentiré herida u ofendida si mis libros no están allí, lo doy por sentado, allí están Colette, Proust,

Maupassant, Jules Renard, Paul Éluard, La Rochefoucauld, La Bruyère, Jacques Prévert, Montaigne, Françoise Sagan, Camus, Annie Ernaux, Amèlie Nothomb. Pero en casa es otra cuestión. De mi etapa de encargada de prensa y editora en Lumen, la editorial de mi madre, recuerdo con pavor las llamadas de algunos autores quejándose de que sus libros no estaban en las librerías («Es que ha ido una amiga de mi prima Teresa a la librería de Prats de Lluçanès y le han dicho que no tenían el libro, que se había agotado. ¿Cómo puede ser?»), o no había suficientes ejemplares o no estaban bien colocados.

Los escritores sentimos como una ofensa personal que nuestro libro no esté en todas partes. En el fondo desearíamos que en las librerías solo hubiese un libro: el nuestro. Sentado en un trono, con una corona en la cabeza y un cetro en la mano. Tal vez aceptaríamos que hubiese también algunos ejemplares de *El Quijote* y de *En busca del tiempo perdido*, pero nada más. Nunca pensamos que la ausencia de nuestro libro se debe a que se publican demasiados o a que no es lo bastante bueno o a que simplemente no le ha gustado al librero. Nunca pensamos que es una casualidad, que tal vez mañana lleguen más ejemplares. Nunca pensamos que en realidad no es tan importante, que lo realmente grave es que no tengan la *Ilíada* o *Rojo y negro*. Estamos convencidos de que la ausencia de nuestra novela se debe a una conspiración universal, a una ceguera generalizada o un odio inexplicable hacia nosotros. Salimos de la librería mirando de reojo hacia el mostrador y lanzamos a la pobre librera el tipo de mirada furibunda que en circunstancias normales, no ofuscadas, solo dedicaríamos a un novio que nos acabase de hacer una trastada, como llegar cinco minutos tarde o no adivinar que ese día nos duele un poco la punta del pie.

LA EDITORIAL: TU EDITORA

Sabes que no te quiere lo suficiente, pero tienes dudas razonables sobre cuánto te quiere exactamente. Siempre es encantadora, siempre que le pides ayuda te la da, intenta resolver tus problemas, sabe si lo que has escrito es bueno o malo, te propone ir a lugares magníficos a presentar tu libro y sin embargo... tienes tus dudas. Tener un buen editor es algo parecido a tener un buen amante: te da casi todo lo que necesitas, casi siempre está ahí y te conoce casi perfectamente, pero sabes indefectiblemente que hay más mujeres, que no eres la única. No deberías sospechar nada, deberías saberlo, aceptarlo y punto, pero eso significaría que eres una mujer adulta bien ajustada a la vida real y entonces seguramente no necesitarías ni escribir ni tener amantes, todo se hubiese resuelto felizmente de otra manera.

Tanto tu editora como tu amante son tercos y consistentes, pero te conocen. «¿Cómo se atreven entonces a no dármelo todo?», te preguntas. Pues como el librero, que no siempre pone tu libro en el mejor sitio de la librería, obligándote así a hacer un montón de malabarismos para trasladar con disimulo y sin ser visto al menos un par de ejemplares al sitio que merecen. Los tejemanejes de un escritor en una librería nunca pasan desapercibidos y uno acaba comprando un montón de libros que no necesita para compensar.

Un día le dices a tu editora que has acabado un libro y responde: «¡Qué bien! ¡Qué gran noticia! ¡Fantástico!». Pero no ha dicho que sea la mejor noticia del año, no se ha desmayado de felicidad, no te ha mandado ningún ramo de flores ni ninguna pulsera de brillantes, solo ha dicho: «Es una gran noticia». ¿Cómo que gran noticia? Y entonces te pones a pensar: «¿Y si en realidad le importa un pito que haya acabado un libro? ¿Y si en realidad no le gustan mis libros?». Y vuelves a leer el mensaje: «Genial. Gran noticia». Gran. Noticia. Gran. Noticia. ¿Solo gran noticia? Algo pasa. Seguro que está pensando en despedirte.

MI CASA

Finalmente, donde mejor están los libros es en casa de uno. Allí los puedes colocar como quieras, puedes ser todo lo absurda, irracional y caprichosa que quieras, no seguir ningún orden o solo el orden del afecto. Yo tengo dos estanterías con los libros que amo, los que me han cambiado la vida, el resto (incluidos los míos) viven promiscuamente amontonados, sin ningún orden específico. Los libros que más quiero son los que suelo tener físicamente más cerca, como las personas, los que menos me interesan están más alejados y los libros pésimos o que no tienen nada que ver con mi sensibilidad (los que me mandan sin haberlos pedido yo o los que he comprado por error) son rápidamente desterrados al mármol de la cocina, el gulag de los libros. Allí van acumulando grasa y suciedad hasta que un día los veo y exclamo: «¿Qué es esta asquerosidad?», y los tiro a la basura. Todos los amores verdaderos son implacables y el amor por los libros también.

Tengo una casa llena de libros, los libros me gustan (no es cierto que a todos los escritores les gusten los libros, del mismo modo que no es cierto que a todos los hombres heterosexuales les gusten las mujeres), me dan seguridad y me hacen compañía. No tengo perro, pero tengo un montón de libros. Tal vez cualquier solución a la soledad que no pase por otro ser humano resulte un poco triste y patética, sé que mi biblioteca no es la biblioteca de una mujer adulta y responsable, ni tampoco la de una escritora, ni siquiera la de una burguesa, dudo mucho que alguien, al verla, se enamorase de mí. Y tengo la mitad de los libros en cajas, en el trastero, por falta de espacio. Pero aquí se consuma de verdad mi amor por la literatura, redentor, exigente, humilde, silencioso, voraz, persistente y absoluto, solo comparable con el amor que he sentido por algunos hombres (los hijos son otra cosa, están en otra categoría, la del amor por la vida, la de los precipicios).

LOS EDITORES

Mi madre siempre decía que era una perezosa contrariada, tal vez por eso trabajaba tanto. Cuando estaba trabajando, en su cama, rodeada de manuscritos y de papeles, o en el cuarto de servicio de detrás de la cocina, que nunca albergó a nadie y que ella acabó convirtiendo en su despacho, era impensable interrumpirla (recuerdo primero el repiqueteo frenético de la máquina de escribir, más tarde los gritos de desesperación y las llamadas de socorro por su falta de pericia con el ordenador). Lo mismo ocurría en la editorial, un territorio prohibido para los niños. Solo en una ocasión salí beneficiada de su gran capacidad de concentración. Tenía seis años. Aquella mañana había ido al médico con Marisa para que me pusieran la vacuna antitetánica. Había montado tal escándalo de gritos, lloros y desmayos que al final no me pudieron pinchar y Marisa decidió llevarme a la editorial para contárselo a mi madre y que esta me hiciese entrar en razón o como mínimo me pegase una buena bronca. Mi madre apenas levantó la vista de lo que estaba haciendo, dijo que aquello era una tontería, le sugirió a Marisa que me comprase un juguete en la papelería de la esquina, volviéramos después al médico y me diera el juguete cuando me hubiesen puesto la antitetánica si me portaba bien. Marisa me compró el juguete, una casita muy pequeña de plástico rosa y azul, como la de Hansel y Gretel, pero no regresamos al médico, no sé cómo la convencí a ella y después a mi madre de que no me pusieran la antitetánica. Tal vez pensaron que, como no era un niña movida, era poco probable que me hiriese (odiaba el deporte y los juegos violentos o competitivos, no corría nunca, caminaba dando saltitos –ahora sé que eran de felicidad, he vuelto a ver y he reconocido muchas veces esos andares confiados y alegres, cantarines y exclusivamente femeninos en las niñas pequeñas cuando caminan cogidas de la mano de un adulto y están contentas y no quieren perder el paso– y me dejaba caer en el primer sitio que encontraba para jugar con mis muñecas, leer cuentos y pensar en mis cosas, era muy soñadora, lo sigo siendo; la realidad es, más que nada, un impedimento).

Después trabajé durante quince años en el mundo editorial. No me gustaba trabajar en equipo, no me gustaba que me dijesen lo que tenía que hacer, ni decírselo yo a nadie, odiaba las convenciones de ventas, los argumentos de venta, tener que convencer a los comerciales y a los libreros de que los libros que hacíamos eran fabulosos, odiaba hacer promoción de los libros que amaba, sentía que inmediatamente se devaluaban, que perdían una parte de su alma y de su misterio (no hay ningún buen libro que no tenga algo raro, sucede lo mismo con las personas). Una novela es genial porque lo es, no hay más (del mismo modo que uno está enamorado porque lo está. Es una especie de grosería preguntarle a alguien por qué ama a otra persona. Porque sí, no hay ninguna otra respuesta posible). Además puedo ser encantadora a ratos, pero soy incapaz de disimular el hartazgo, el aburrimiento y la suficiencia, estoy muy mal educada. La gente se enamora de mí durante quince minutos y luego me odia durante quince años.

En la actualidad voy a la editorial que publica mis libros una o dos veces al año. Fui hace unos días. Es una editorial bonita, limpia, luminosa y aireada en un edificio clásico justo al lado de Paseo de Gracia. De momento, no es un lugar romántico. El fútil cuestionamiento del amor romántico –que viene acompañado de la fantasiosa idea (que ya se intentó y fracasó en los años setenta) de que el amor debe ser un experimento social y no el lugar donde nos recogemos para intentar salvar nuestra alma– ha expulsado al romanticismo de la mayoría de los ámbitos, mentales y físicos. Donde no ha sido expulsado, ha sido sustituido por un débil sucedáneo: la cursilería, que es una forma de puritanismo. El despacho de arquitectura de los hijos de Ricardo Bofill en Sant Just sigue siendo un lugar romántico. La sede original de mi editorial también lo era. Estaba en Sarrià y me parecía un lugar mítico (para mí mítico y romántico son casi lo mismo), por allí habían pasado Javier Marías, Ian McEwan, Richard Ford, Patricia Highsmith, Hanif Kureishi. Por la nueva, de momento, solo hemos pasado nosotros. Silvia Sesé me contó que el Premio Herralde había quedado desierto y que, como no habría cóctel de celebración, estaban pensando en hacer una fiesta para bailar en diciembre.

Antes de marcharme, pasé a saludar a Jorge Herralde. Su despacho era la única parte de la oficina que estaba en penumbra, me pareció que había una vieja butaca de cuero, una alfombra, algunos cojines, que él llevaba un viejo jersey de cashmere con cuello de pico como los que llevaba mi abuelo. Solo una lámpara de mesa iluminaba la habitación, el foco perfectamente dirigido hacia el texto que leía Jorge.

¿Cuándo empezamos a pensar que hacía falta tanta luz para todo?

LA FRIVOLIDAD

Sí, me gusta la ligereza, porque rima con riqueza, que es algo que también me gusta bastante, sobre todo cuando es lo opuesto a la miseria y no a la pobreza. Me gustan la frivolidad y la ligereza, lo que no deja cicatrices, lo que es como un soplo de aire fresco. Los que cuando están sentados en una silla parecen estar a punto de levantarse de un salto. Me gustan los pañuelos de seda que un golpe de viento puede arrancarte del cuello. Me gustan los besos ligeros que aseguran que la persona va a regresar en un minuto para besarte más profundamente. Me gustan los vestidos livianos sobre las piernas desnudas, su roce sobre la piel. Las joyas finísimas, casi invisibles, que no pesan, que no sientes que llevas, con las que puedes dormir. Me gusta la gente ligera que se enfada poco, que ríe a menudo, que pilla todas las bromas; prefiero la gente que sonríe demasiado que la gente que no sonríe nunca. Me gusta el cashmere más caro porque es el más ligero, todas las otras lanas me irritan la piel y me hacen sentir encarcelada, casi nunca llevo jerséis. Me gusta que me cojan de la mano, pero me gusta más que me la rocen. Me gustan los mechones de pelo revoloteando alrededor del rostro. El maquillaje ligero, la Coca-Cola light, la brisa en Cadaqués a punto de convertirse en viento. El chocolate con leche, no el chocolate negro tan intenso, tan amargo, tan adulto y deprimente, prefiero la mousse de chocolate. El suflé de queso, el puré de patata, el champán, las anémonas, los globos, las velas izadas, los velos, las transparencias. Los bolígrafos con la punta extrafina. La forma de andar aérea, veloz e ingrávida de mi padre. Cuando mis hijos eran pequeños, les soplaba suavemente en la espalda para que se durmieran, me parecía que aquel levísimo contacto aliviaba todos sus males, que era suficiente para que no se sintieran solos y para que se deslizasen por los últimos pensamientos del día sin interferencias, solo un leve soplido recorriendo su columna vertebral, sus omoplatos, su nuca. De bebés se lo hacía también en el rostro, sobre sus párpados cerrados como pétalos, sobre los labios, en las sienes, intentaba que mi soplo fuese leve como un encantamiento. Siempre funcionaba, aquella brisa materna, suave y lejana les hacía caer redondos y les sumía en un sueño tranquilo. No sé si lo recuerdan ni si repetirán ese gesto con sus hijos, el soplo de un hombre es tan distinto. De todas las virtudes, mi favorita es la tolerancia, que es la forma más profunda de frivolidad y aceptación, la quc le ofreces al otro.

Pero también me gustan la profundidad y la seriedad. Me gusta la gente que cuando habla de un escritor ha leído y estudiado a fondo toda su obra (no los que han oído campanas y no saben dónde, y saben las cosas a medias y se guían un poco por lo que está de moda o por lo que les entra y entienden fácilmente; la cultura es algo vertical que uno va acumulando, en lo que uno se va metiendo, con dificultad y esfuerzo, con estudio, leyendo; la cultura verdadera no es horizontal, no es un campo, no se constituye de frasecitas y flores que vas encontrando en el camino, es un pozo al que te asomas, es difícil, no es inmediato). Me gusta Enric, el padre de mi hijo mayor, porque es capaz de cavar un huerto entero, y Grego, el padre de mi hijo menor, porque es incapaz de dejar a un amigo en la estacada. Las ostras, escribir, el sexo, la muerte, Dios, Rembrandt, Ingmar Bergman, Shakespeare, el Cap de Creus. Entre el souflé de chocolate y Dios no hay nada que me interese.

HOMBRES

Siento muchísimo escribir esto y lo escribo con mucho pesar y con todo el dolor de mi corazón, pero con los hombres hay que salir corriendo a la primera de cambio, sin dudarlo, sin vacilar. A la primera señal por muy pequeña que sea de que algo no funciona –una sensación vaga y difusa de que algo no está bien, un ligero escalofrío, un leve mareo, una pequeña náusea– es necesario marcharse. Con los libros: hay que esforzarse. Con la escritura: hay que esforzarse. Si tienes un huerto: hay que esforzarse. Con los hijos: hay que esforzarse. Con los idiomas y con los padres también. Para estar delgada: hay que esforzarse. Para entender algo de literatura: hay que esforzarse (y haber estudiado en serio lo que has leído). Por el trabajo: está muy bien esforzarse. Para educar a un cachorro: hay que esforzarse. Para llegar nadando a las boyas de Cadaqués en verano: hay que esforzarse. Para leer a Proust: hay que esforzarse. Para leer a Cervantes también, más que a Proust, incluso. Para tener amigos:

hay que esforzarse. Para que no se mueran todos los geranios del balcón: hay que esforzarse. Para que no te eliminen cada año de la Champions: hay que esforzarse un poquitín. Para entender el cine de Albert Serra: hay que esforzarse. Para comprarse un Porsche: hay que esforzarse. Para no perder los nervios con los cretinos: hay que esforzarse. Para no acabarse toda la caja de bombones en dos horas: hay que esforzarse. Para no convertirse en un viejo gruñón resentido y miserable: hay que esforzarse. Para ser justo: hay que esforzarse. Para no pasarse todo el día en el sofá: hay que esforzarse. Para no convertirse en un idiota al volante: hay que esforzarse. Para escribir una frase que no dé ganas de vomitar: hay que esforzarse. Para ser magnánimo: hay que esforzarse. Para ser justo: hay que esforzarse. Para estar al día de lo que sucede en el mundo: hay que esforzarse. Para entender qué es TikTok: hay que esforzarse. Para salvar al planeta: hay que esforzarse. Para votar a nuestros políticos: hay que esforzarse. Para acompañar a nuestros ancianos: hay que esforzarse. Para estar con un hombre: no.

EL GRAN TEATRO DEL LICEO

He vuelto a ir al Liceo. De niña me llevaban a las representaciones de ballet. Mi madre reservaba uno de los palcos de platea y lo llenaba de amigos. Cada palco tenía su antepalco, un salón pequeño como un camarote de barco donde dejábamos nuestras cosas, comíamos canapés y charlábamos durante el entreacto. Me pregunto si alguna vez alguien los utilizó para hacer el amor mientras la música sonaba fuera, los cantantes respiraban profundamente y abrían los brazos y las bailarinas demostraban que incluso frente a la desgracia más absoluta se podía ser grácil y etéreo. Seguro que sí, todos tenemos una imaginación bastante parecida y una imaginación calenturienta bastante parecida también, tal vez incluso fuesen construidos especialmente para eso, para follar. Los quitaron hace años, claro. Ya no se suele reservar un palco entero para toda la temporada, los asientos se venden de forma individual, como los del resto del teatro, no hay ningún sitio para besarse, ni para fumar, ni para echar una cabezadita si estás cansado, ni para pensar a solas (el pensamiento se ha vuelto muy aburrido porque ya casi nunca pensamos a solas, lo hacemos en grupo, como un rebaño de vacas gordas y satisfechas, la promiscuidad del pensamiento cuando el pensamiento debería ser como una monja de clausura, sola delante de un muro, puro, duro, brillante, no promiscuo, bastardo, mugriento y perezoso).

Y un día, diez años más tarde, mi madre me llamó por teléfono desconsolada porque el Liceo acababa de arder. Yo estaba viviendo en Londres, tenía veinte años y hacía tres que había perdido a mi padre, sin lamentos, sin funerales, sin enterarme casi, en tres meses. De pronto ya no estaba, y era casi como si no hubiese estado nunca. No entendí la desolación de mi madre, aquellas lágrimas tan burguesas y egoístas (después de todo, no había muerto nadie, ¿no?). Me daba exactamente igual que el Liceo se hubiese quemado, si de mí dependía, podía arder el mundo entero, de hecho, ya había ardido (a lo largo de nuestra vida, arde todo una o dos veces).

Unos años más tarde regresé a Barcelona, reconstruyeron el Liceo y rápidamente olvidé cómo era antes, o más bien, como ocurre a veces, la versión antigua se mezcló con la versión moderna para crear un teatro nuevo que inmediatamente acepté como el único verdadero. Volvimos a ser muy felices allí. Recuerdo una representación de la compañía de Maurice Béjart, sentada con mi madre en la cuarta fila de platea, en un momento dado, presintiendo mi emoción, me cogió la mano disimuladamente y me la apretó con suavidad. No sabía entonces, porque casi nunca sabemos lo que ocurre mientras ocurre, que no solo no olvidaría aquel gesto, sino que lo repetiría años después con mis hijos, ante el *Poseidón* del museo de Atenas, viendo el final de *Muerte en Venecia*, ante el sepulcro de los Medici. Ningún gesto de amor es final, una mano se posa sobre otra que se posa sobre otra que se posa sobre otra que se posa sobre la de alguien que ni siquiera ha nacido todavía, que no conocerá tu nombre, que no sabrá nada de tu paso por la tierra; algunos gestos se repiten y se prolongan en el tiempo, se contagian y se copian, se aprenden, se atesoran y se heredan.

Y un día mi madre murió y dejé de ir al Liceo, sin ser consciente de ello y sin tener la sensación de haber renunciado a nada. A partir de los cuarenta años, las renuncias ya no parecen renuncias, simplemente vas caminando por la calle y se te van cayendo cosas: caramelos, botones, billetes, monedas, como si los bolsillos de tu abrigo estuviesen agujereados. De todos modos, el Liceo ya estaba ocupado, era uno de los sitios de mi madre, del mismo modo que tener perro ya estaba ocupado y que escribir ya estaba ocupado.

En fin. He vuelto al Liceo. Al mayor le encanta la música clásica y toca muy bien el piano, algunos días yo le acompaño a la ópera y, otros, él me acompaña al ballet. Y a veces, muy de vez en cuando, si sobre el escenario sucede algo realmente maravilloso, acerco sigilosamente mi mano a la suya y se la aprieto suavemente.

LA SONRISA MALÉFICA

Noé, mi hijo mayor, tiene una sonrisa especialmente dedicada a mí. De los tres, mis dos hijos y yo, Noé es el más magnánimo y educado. Su hermano y yo somos radicales y furibundos. Noé tiene mucho carácter, pero es justo y amable con todo el mundo y no tiene ni un gramo de esnobismo en todo el cuerpo. Su hermano y yo somos capaces de enamorarnos de alguien por el color de sus calcetines y de sentenciarlo a muerte por una frase desafortunada, por un gesto de autoritarismo o de miseria. Noé lo perdona todo, se preocupa por todo, planea sobre el mundo, se parece al Pequeño Príncipe, es misterioso y hermético, terco como una mula (de una tozudez silenciosa, difícil de rebatir) y bondadoso. Héctor es exigente, perfeccionista y muy sociable. Irse de una fiesta antes de las tres de la madrugada le parece una grosería imperdonable, Noé y yo, en cambio, preferiríamos no tener que ir nunca a ninguna fiesta. Héctor es intransigente y Noé tiene una sonrisa maléfica solo dedicada a mí. En realidad, es una mueca que moviliza todos los músculos encargados de sonreír, pero vaciándolos de significado, una sonrisa congelada y terrible, a la que no sigue nunca una carcajada o un gesto cariñoso, un punto final, una sonrisa veloz que se abre y se cierra, como cae un telón o una guillotina. Significa: «Eres profundamente idiota y la cuestión no me ha pasado desapercibida». O: «Eres una cretina integral, es obvio y evidente». La sonrisa maléfica puede desaparecer durante semanas y regresar de pronto por cualquier tontería. Es un arma silenciosa y letal.

Cada vez que me sonríe así, le odio y le detesto como solo se puede odiar y detestar a un hijo. Las mujeres que han decidido no tener hijos se quedarán sin saber lo que es el amor de madre, pero tampoco sabrán lo que es el odio de madre, un tipo de rabia muy específica, intensa e inútil.

Yo también era capaz de enfurecer a mi madre y a mis profesores favoritos en un segundo, al de francés y al de filosofía; con los otros que me daban igual –el de matemáticas y la de ciencias naturales–, mi comportamiento era perfecto, pero al profesor de francés tenía que demostrarle en cada clase que no estaba de acuerdo con su visión de la literatura y de la vida, que era un memo y que no había entendido ni a Verlaine ni a Rimbaud ni a nadie. Como toda la gente muy lista y como toda la gente muy tonta, me creía más lista de lo que era. Y creo que estaba un poco enamorada de él.

Un día en Cadaqués, mi madre, fuera de sí (no recuerdo por qué, pero nunca era por cuestiones graves), me tiró por encima de la cabeza una taza entera de ColaCao ante el estupor y la perplejidad de un amigo escritor que estaba de visita y que todavía no sabía que éramos una familia de salvajes (mi familia se divide en dos categorías: salvajes con corazón y salvajes sin corazón. No hay más). Yo nunca he llegado a ese extremo, mi amor es muy físico, pero mi odio no. Y como no fui joven en los años sesenta y soy mucho menos rica que ella, tengo más autocontrol. Además hago yoga. Hace unos días fui a la clase de primera hora de la mañana. En general es una clase tranquila y con poca gente, pero intento llegar siempre un poco antes para poder ponerme en el sitio que me gusta. Coloqué mi esterilla, me senté con las piernas cruzadas en postura de meditación y cerré los ojos. La sala, que es bastante grande, se fue llenando poco a poco. Al final solo quedó un espacio pequeño a mi derecha. Entonces llegó una mujer de mi edad y lo ocupó. El espacio era realmente estrecho y no estaba cómoda, así que me pidió que me desplazase un poco hacia la izquierda. El problema era que a mi izquierda estaba todo el montaje de cables que servía para retransmitir la clase a los que querían hacer yoga desde su salón. Y yo no tenía ningunas ganas de rozar aquel amasijo de cables medio envueltos en una manta vieja de un blanco grisáceo, soy muy maniática. Así que me moví un milímetro. A la mujer no le debió parecer suficiente porque me volvió a pedir que me moviese. Me moví otro milímetro. La clase ya estaba en silencio y a punto de comenzar. Entonces la señora, pensando que tal vez yo estaba sorda, se levantó y, poniéndose delante de mí (tapándome el sol) cual alta era, me pidió por tercera vez que moviese mi esterilla. Yo ya estaba a punto de perder toda mi paz espiritual, pero moví mi esterilla otro milímetro (ya eran tres milímetros en total, ¡oye!, ¿qué más quieres?, ¡haber llegado antes!). Entonces levanté la vista y sin decir palabra, de forma totalmente involuntaria, le lancé la sonrisa maléfica de mi hijo. La señora abrió mucho los ojos, estuvo a punto de decir algo, frunció el ceño, dio media vuelta y volvió a su sitio. El resto de las alumnas y la profesora me miraban con la boca abierta. Igual debería ir buscando otra escuela de yoga.

UNA OBRA COMPLETA

«Il laisse une oeuvre complète», «Deja una obra completa», dicen de los artistas muertos a una edad respetable y con una obra rica y sólida a sus espaldas. Deja una obra completa. Lo dicen como si fuese algo muy meritorio e importante, algo raro y excepcional. Y, sin embargo, por poco que la vida nos haya dejado vivir unos cuantos años, y a veces incluso cuando han sido muy pocos, muchos menos de los justos y deseables, todos dejamos una obra completa. Todos hemos sido locamente amados por alguien. Y hemos querido a alguien hasta las últimas consecuencias. Hemos visto el mar enfurecido y gris al principio del otoño. Nos hemos metido en el mar, de golpe, de cabeza, o paso a paso, sintiéndolo avanzar centímetro a centímetro sobre nuestro cuerpo. Todos hemos mirado a alguien de lejos y pensado repentinamente: «¡Cómo quiero a esa persona!». Y nos hemos sonrojado y hemos comprado flores. Hemos visto un cuadro de Botticelli. Hemos jugado con un perro. Hemos visto el mundo, o nuestra ciudad, desde lo alto de una montaña o de una colina. Nos hemos sentido a salvo y protegidos. Nos hemos acurrucado en un sofá o en una cama. Hemos tenido algún sueño maravilloso. Hemos sentido que nadie en el mundo era tan feliz como nosotros. Nos hemos sentido solos y desamparados. Hemos rodado de risa por el suelo. Hemos pensado que el mundo nos pertenecía. Hemos sentido una mano dentro de la nuestra. Nos han cogido la mano. Nos han besado los párpados. Hemos sentido el calor del sol en los párpados. Nos han mirado y nos han visto, a veces incluso personas desconocidas, por la calle, en un semáforo, comprando el pan, durante cuatro segundos. Hemos pensado que moriríamos de dolor. Hemos leído poemas. Hemos sentido hambre y la hemos saciado. Hemos tenido ganas de bailar. Hemos comido bombones, hemos bebido vino. Hemos caminado descalzos. Hemos visto amanecer. Nos han besado. Nos han dicho para siempre. Hemos sentido que todos éramos hermanos y que estábamos en el mismo barco. Hemos pensado que haríamos lo que fuera por algunas personas. Hemos perdido. Hemos fracasado estrepitosamente. Nos han dicho adiós. Hemos ojeado las páginas de un libro ilustrado. Hemos comido higos, hemos comido nata a cucharadas. Hemos caminado sin tocar el suelo. Hemos tenido una madre y un padre. A todos nos han dicho alguna vez que nos abrigásemos, que fuera hacía frío. Hemos sentido que nos arrancaban el corazón. Nos han despedido de uno o varios trabajos. Hemos tocado la tierra, la de un desierto, la de un huerto, con las manos. Hemos escrito. Nos han dicho que nos querían. Hemos vivido unos cuantos veranos gloriosos. Hemos sido niños. Hemos descubierto una cosa tras otra, incansablemente, a pesar nuestro a veces. Hemos sido jóvenes, ¡jóvenes! Nos hemos muerto por alguien. Nos ha dado un vuelco el corazón. Hemos amado profundamente a cinco o seis personas. O más. Hemos intentado ser personas decentes. Hemos entendido tres o cuatro cosas. Hemos vivido con la sombra de la muerte y hemos sido felices a pesar de ello. Hemos acunado a un bebé, hemos abrazado largamente a un adulto. Hemos visto al tiempo pasar sobre todo lo que amamos, como un velo de ceniza, y hemos visto la muerte. Hemos visto el mar, ¡el mar! Hemos visto templos griegos a la orilla del mar. Hemos visto elefantes. Hemos querido a algunas personas para siempre. Hemos odiado con toda nuestra alma. Hemos sido mucho mejores de lo que nada predecía. Lo hemos perdido todo y lo hemos tenido todo en la palma de la mano. Dejamos, cada uno de nosotros, todos, una obra completa y acabada.

REENCUENTRO

No me buscaría, sabía que no me buscaría. Y yo no tenía forma de encontrarlo, solo me había dicho su nombre, que olvidé al instante (un nombre compuesto, muy común), y nada más. No le volvería a ver nunca, o tal vez al año siguiente, o nunca. Le hubiese podido preguntar el apellido, delante de su mujer, tan guapa y amable. En cuanto nuestras miradas se cruzaron en el supermercado, delante de la sección de yogures, concretó él más adelante, recordé como un rayo la turbación y la vergüenza que había sentido cuarenta años antes un día que tuvo el descaro de sentarse justo detrás de mí en el puente. Recordé también las risas de Marisa ante la desfachatez del chico y mi furia al sentir que me ponía roja como un tomate. En Cadaqués había un puente de piedra que cruzaba la riera y que fue sustituido hace muchos años por uno de hierro, los niños de los años setenta nos sentábamos allí y veíamos caer la tarde (ningún niño, por muy insensible o bruto que fuese, podía salir indemne de los atardeceres de Cadaqués: después de aquel esplendor uno sabía ya para siempre lo que podía dar de sí el mundo). El puente era el centro del pueblo, a un lado estaba el casino, al otro, la plaza y, enfrente, la playa y el mar.

Él tenía un aspecto absolutamente normal, ni rico, ni pobre, nada intelectual, muy viril, con la misma mirada de seductor socarrón que ya tenía a los diez años, una mirada que mal administrada puede resultar ridícula o repugnante, pero que en su caso era perfecta, un hombre a través del cual se podía ver al niño. Tal vez no necesitara volver a verle, tal vez mi deseo inconcluso fuese suficiente. Recordé la excitación y los nervios, el paso ligero y saltarín de los veranos de mi adolescencia, cuando cada vez que bajaba al pueblo cabía la posibilidad de cruzarme con el chico que me gustaba. Podría haberme acercado a él las otras dos veces que coincidimos y pedirle el número de teléfono con la excusa de estar escribiendo un libro sobre nuestros veranos en Cadaqués. Hubiese podido inventar cualquier cosa, todo el mundo quiere hablar con un escritor, pero no lo hice. A veces no hay que intervenir en las historias, solo hay que dejar que ocurran, y, de todos modos, las dos veces que le vi después de nuestra charla en el supermercado me puse tan nerviosa que hubiese sido incapaz de maquinar nada, ni se me ocurrió acercarme a él. Si él no había oído el «estoy aquí, ven» con la misma nitidez que yo, no pasaba nada, casi nadie lo oye todo siempre. Pero me marché de Cadaqués con una desolación antigua, con el desconsuelo saturado de sol que sentía de joven a finales de agosto, cuando a la vuelta de una de las curvas de la carretera veía la última imagen del pueblo y me despedía del amor de aquel verano sabiendo que no le volvería a ver y que el del siguiente año sería otro porque yo sería otra.

Y me escribió, claro, al cabo de dos días. Resultó que yo había visto reflejados en sus ojos mi pasado, mi futuro, mi infancia, Marisa, los veranos inagotables, los primeros amores, y él en los míos a una amiga de la infancia convertida en escritora. Quedamos un día para tomar un café. Resultó ser un hombre amable y normal. No le volví a ver.

LA FLOR Y EL CIGARRILLO

Hacía mucho tiempo que no iba a una fiesta. Prefiero mil veces las cenas con amigos, ir de compras, visitar museos, sentarme en el Marítim o en el Beirut, ir en barca, pasear en góndola, beber café por la calle, probar las bañeras de los hoteles y ocupar asientos de platea. Estoy hecha para la fiesta, pero no para las fiestas.

A Alex, en cambio, le encantaban las fiestas, las había convertido en su trabajo, era el mejor organizador de inauguraciones, actos, cenas y veladas de la ciudad. En cuanto había más de doce personas en un lugar, empezaba a divertirse, justo en el preciso instante en que yo empezaba a buscar una excusa para marcharme. Verlo actuar era un espectáculo, conocía a todo el mundo, pasaba veloz entre las personas, las enjoyadas manos de hombres y mujeres se tendían a su paso como si fuese un príncipe. Estaba casado con un burgués de Barcelona y era frívolo, intuitivo, divertido, inteligente, malévolo y sensible. Yo había decidido que aquella noche intentaría divertirme, solía dejar aquellas cosas al azar, pero había recibido un mensaje de mi amiga Lucía en que me aconsejaba dejarme de tonterías y de remilgos e intentar disfrutar de la velada, así que decidí hacerle caso.

Después de los postres, de los discursos y de haberme presentado a mil quinientas personas, Alex se volvió de pronto hacia mí y me preguntó: «¿Salimos a fumar?». «¡Genial!», contesté yo a pesar de que hacía veinte años que no fumaba un cigarrrillo.

En la calle alzó la mirada al cielo, respiró profundamente, sacó una cajetilla de tabaco y sin preguntarme nada, en silencio, me tendió un cigarrillo extrafino encendido. ¿Cuánto tiempo hacía que nadie me pasaba un cigarrillo encendido en medio de la noche? Había olvidado aquel gesto de complicidad, generoso, juvenil y grácil en mi época, un poco perverso y provocador en la actualidad (los cruzados antitabaco proponían desde hacía años que se prohibiese fumar también en la entrada de los edificios, al aire libre, alegando que cuando ellos pasaban por allí, si por una remota casualidad inhalaban una bocanada de aire mezclada con un poco de humo de tabaco, quedaban gravemente traumatizados para el resto de sus vidas), muy distinto al gesto, que siempre me había parecido un poco cutre y deprimente, de que te pasasen un cigarrillo en la cama después de haber follado. No he conocido a muchos hombres que fumen después de hacer el amor, pero lo hace un tipo específico de tío, hombres que no pueden esperar ni dos minutos antes de retomar el control sobre sí mismos y sobre la situación; con un cigarrillo entre los dedos vuelves a ser un ser humano, recuperas el pensamiento y alejas al otro, que ya no se puede acercar sin peligro de quemarse, le devuelves a su lugar, a su alteridad, declaras que el acto sexual ha terminado. Es de hombre ordenado y metódico fumar después de follar, los cigarrillos postsexo son los únicos cigarrillos compartidos que no hermanan sino que alejan.

Me fumé el cigarrillo que Alex me tendía disimulando mi sorpresa y mi alegría, sin decir nada, como si fuese lo más normal del mundo. Estaba malo y bueno como todos los cigarrillos.

Ocurrió otra cosa aquella noche, alguien hizo otro gesto, Albert se puso una flor fresca en el ojal de la chaqueta. No lo hizo por mí, pero hubiese podido hacerlo por mí perfectamente. No recuerdo qué flor era, pero sí que me dijo que había ido a buscarla él mismo a la floristería de al lado del hotel. Un hombre que se pone una flor en el ojal de la chaqueta ha leído a Proust y sabe de lo que va la vida. Y entonces me dijo, como excusándose, pero nada en él sonaba a excusa, creo que hace años que había prescindido de las excusas y de las disculpas: «Y ahora me pondré las gafas de sol y ya no me las quitaré hasta que acabe todo este circo».

Pasar un cigarrillo encendido en medio de la noche, colocarse una flor blanca en la solapa de la chaqueta, dos gestos de generosidad y de belleza, minúsculos, genuinos, perecederos, delicados y lúdicos. Supe al momento que lo iba a escribir. De aquella noche rescataría una flor y un cigarrillo. Todo lo demás ya había desaparecido. Siempre pasan una o dos cosas, casi nunca son las que parecen.

EL PRINCIPITO

El Principito muere al final del libro. Lo descubrí treinta años después de haberlo leído por primera vez en un montaje teatral absurdo, porque es imposible, a no ser que seas un genio, y dudo que ni siquiera Bergman lo hubiese conseguido, poner en escena ese cuento extraño, fundacional, desgarrador y maravilloso.

Estábamos sentados en el primer piso del teatro, los chicos aún eran niños y yo pensaba aprovechar la hora y media que duraba la representación para hacer la siesta, pero la producción y las interpretaciones eran tan lamentables y ridículas que me quedé despierta solo por el placer de indignarme. Después de todo, «El Pequeño Príncipe» (*Le Petit Prince* en francés, sin diminutivo alguno, tres palabras limpias y puras, no sé en qué estaría pensando el traductor al español cuando lo tradujo como *El Principito*) es uno de mis libros favoritos, el primero que me causó una conmoción profunda; sobre el escenario se estaba profanando algo que me pertenecía por derecho propio (me he sentido más dueña de algunos libros, paisajes y obras de arte de lo que nunca me sentiré de mis verdaderas y escasas posesiones materiales). O eso pensaba yo, sentada en mi butaca, muy satisfecha, sintiéndome infinitamente superior al resto de los espectadores (niños, en su mayoría) por ser una experta en aquel libro, el primero que había amado de verdad, que para un escritor significa el primero que me había dado la idea de escribir.

Y entonces, en medio del escenario, con un foco que solo le iluminaba a él, el Pequeño Príncipe cayó al suelo fulminado y murió. «Esto sí que es el colmo», pensé mientras incomprensiblemente se me llenaban los ojos de lágrimas. «¡No puede ser que muera el Pequeño Príncipe!», pero su cuerpo yacía inerte sobre el escenario y el teatro se había sumido en un silencio absoluto. Me volví hacia el padre de mi hijo menor y le pregunté susurrando: «¿El Principito muere?». «Claro», me contestó sonriendo. «Obviamente que muere. ¿Estás llorando?» Y cogiéndome la mano añadió: «¡Serás tonta!». «¿Cómo que el Pequeño Príncipe muere? No puede ser», dije deshaciéndome de su mano y sin darme cuenta de que casi estaba gritando. Y mis hijos, que están muy bien educados, hicieron schhhhhhh a la vez, mirándome con severidad y llevándose un dedo a los labios.

«El Pequeño Príncipe» fue el primer libro del que me enamoré. Lo leí sentada en la alfombra del salón, rodeada de las altas estanterías de libros meticulosamente ordenados de mi madre. Si en algún momento de mi vida decidí que quería escribir (no fue así, no fue una decisión cabal, simplemente ocurrió y ocurre), fue después de leer «El Pequeño Príncipe», un libro del que la primera vez no entiendes nada y que, sin embargo, te conmociona. A partir de «El Pequeño Príncipe» supe, sin ser consciente de ello, que en algún momento de mi vida escribiría. Me reconocí en tres de los cuatro grandes temas del libro: la soledad, el amor y la tristeza. Se me pasó por alto uno: la muerte. Supongo que resultaba demasiado duro para una niña de nueve años que el Pequeño Príncipe, o sea, ella misma, muriese al final.

Han pasado unos cuantos años desde la traumática experiencia del teatro y hace unas semanas tuve ganas de volver a leer «El Pequeño Príncipe». Lo empecé en casa y, como ese día tenía que ir a la peluquería, lo metí en el bolso con la intención de acabarlo allí. No pude, no recuerdo en qué página empecé a notar que me iba a poner a llorar, así que cerré el libro y lo guardé en el bolso. Al llegar a casa lo volví a abrir y lo terminé sin tener que reprimirme. Esta vez sí que fui capaz de entender y aceptar que el Pequeño Príncipe muriese. Había tardado cuarenta años.

UN ESCRITOR

Yo tenía una amistad pendiente con Marías. Le conocía desde hacía muchos años, claro, el mundo editorial es muy pequeño, todo el mundo se conoce. Me lo había presentado mi madre. Javier Marías siempre fue amable y generoso conmigo, pero nunca fuimos amigos. Me regaló, sin cobrar ni pedir nada a cambio, una entrevista para hacer un librito en una editorial muy pequeña que tuvimos durante un tiempo. Recuerdo los nervios, la emoción y el pánico que sentí un día que hablamos por teléfono sobre la publicación de aquel libro. «¡Estoy hablando con Javier Marías!», me decía agarrando con fuerza el auricular del teléfono fijo de la cocina de casa de mi madre mientras intentaba controlar la voz y que no se notase que estaba histérica.

Una vez me lo encontré en la entrada de un hotel de Barcelona, fumando, inconfundible –el cabezón de hombre inteligente, la mirada falsamente vaga y despistada, la ropa bonita y humilde de buen escritor, una actitud como de estar allí de paso–, y me paré a saludarle. Iba con mi novio de entonces y en aquel momento me pareció lo más importante y vital del mundo que Javier Marías le conociese y que él conociese a Javier Marías. Pasé el resto de la tarde feliz: «¡Hemos visto a Javier Marías!».

A lo largo de los años, nos escribimos algunas notas breves, creo que él siempre contestaba a sus lectores con cariño y atención, lo consideraba parte de su trabajo. Leí el primer volumen de *Tu rostro mañana* navegando por Turquía con mi mejor amiga. Lo iba subrayando a medida que leía e intentaba traducir para Manue los fragmentos que me parecían más geniales. Aquel viaje no hubiese sido ni la mitad de maravilloso sin la compañía de su libro (leí a Saint-Exupéry en el salón de casa de mi madre, a Proust en las escaleras de la antigua Tate Gallery –lo había empezado a leer en Barcelona, pero fue en Londres donde se convirtió en una verdadera obsesión, no salía de casa sin el libro, lo leía a todas horas, en todas partes, era exactamente igual que una pasión amorosa, en leer aquel libro me iba la vida– y a Marías en un velero turco, no hay muchos otros autores que pueda situar con tanta precisión en un espacio físico y temporal de mi vida).

Pero nunca fuimos amigos ni nada por el estilo. Viví con alegría y admiración sus años de éxito incontestable e incontestado y sufrí por él durante los últimos años (¡oh, cómo detesto escribir «últimos años»!), cuando los amargados y los envidiosos, después de pasar años buscando algo con que atacarle, empezaron a acusarle de gruñón. Pero ¡vaya defecto tan pueril, estúpido y lamentable para endosarle a un escritor! No es que los artistas ya no podamos ser disolutos, borrachos, ligones, drogadictos, depresivos, caprichosos, narcisistas, inestables o neuróticos, ¡es que no podemos ser gruñones! Lo único que tenían que oponer al talento descomunal de Marías era que era un gruñón, no un hijo de puta, un oportunista, un falso, un mentiroso, un cobarde, un trepa o un resentido, un pollavieja, un señoro y un cipotudo. Venga, venga. Ojalá cuando yo sea viejecita me dediquen también esos adjetivos. Ojalá no estar nunca del lado de los artistas que dan lecciones de bondad, de civismo y de comportamiento poniéndose a ellos de vomitivo ejemplo (yo quiero que un artista me conmueva, que me haga llorar, que me ayude a aceptar que un día moriré, no que me indique por dónde debo cruzar la calle). Como si un escritor tuviese que ser siempre dulce, amable, comprensivo y estar encantado de la vida (mi profesor de francés, con el que mantenía una relación correspondida de amor-odio, un día, discutiendo sobre Ingmar Bergman, me dijo: «Es un gran director, sí, pero sufre mucho». Y yo, con la suficiencia de los dieciséis años, respondí: «Sí, Ingmar Bergman sufre intensamente, pero seguro que cuando es feliz es profundamente feliz». Y añadí mentalmente: «Mucho más que usted»). Por último, vi con tristeza que unos cuantos mediocres más, muy finos ellos, decían con supuesta delicadeza y exquisitez, pero en realidad se trataba de una puñalada trapera más, que ya no leían sus artículos (que fueron hasta el último día mejores que los que escribimos y escribiremos todos en este país) para no coger manía a sus novelas. En fin. Espero que nada de eso empañase lo que acabaron siendo sus últimos años (¡oh!, ¡cómo detesto escribir «últimos años»).

Yo tenía una amistad pendiente con Marías. Durante meses o quizá años no podré escuchar su nombre sin sentir una punzada de dolor y de incredulidad en el corazón, sin pensar que murió demasiado pronto; sé que no soy la única. Entre susurros y sin hacer grandes dramas, sus hordas de lectores le echan de menos como se echa de menos a un amigo –a alguien que te hizo feliz y que supo a ratos alejar la soledad y el miedo, a alguien que cumplió con el destino de todos: hacer que el mundo fuese un lugar un poco mejor–, hablan de él y, sobre todo, le siguen leyendo.

Seguro que Javier Marías sabía que era el mejor escritor de España, espero que supiera también que además (a pesar de ser un gruñón y de tener tal vez la polla un poco vieja, como correspondería a un hombre de su edad) era el más querido.

¿QUÉ NECESITA UNO PARA SER FELIZ?

Ser feliz no es tan difícil, no hacen falta tantas cosas, no son necesarias tantas personas, ni tanto éxito, ni tantos viajes, ni tantos libros. Yo creo que, en las épocas buenas, soy feliz al menos una vez al día, incluso más. No hace falta desear que el tiempo se detenga o ver el Partenón o que sea verano y estar bañándote en el Mediterráneo. No hace falta estar delgadísimo ni tener una casa enorme. No es necesario comprar una chaqueta de tweed, un vestido por duplicado o el vigésimo par de vaqueros casi idénticos a los que uno ya tiene. Tampoco hace falta escribir dos páginas buenas al día porque sabes que eso es imposible y que si pudieses pedir algo imposible pedirías cenar con tu madre una vez más. No hace falta tener grandes amigos, es suficiente con tener cerca a algunas personas a las que respetes y admires o con las que hayas compartido una parte de tu juventud, a alguien que te haya tendido la mano en un momento crítico o que se la haya tendido a otro ser humano.

Para ser feliz no hace falta escribir una obra maestra ni que alguien se despierte a tu lado y te soporte cada día de tu vida. No hace falta que los hombres dejen de llevar pantalones tobilleros o camisas dos tallas demasiado pequeñas. No hace falta dejar de tratar a todos los tramposos y a todos los trepas. No hace falta ni siquiera ir cada año a París, a Italia y a Londres. Ni llevar jerséis de cashmere y pijamas de seda, puedo llevar jerséis malos, está bien, no pasa nada. No necesito ganar el Premio Nobel. Y puedo comer jamón que no sea de primerísima calidad. No necesito salir guapa en todas las fotos y ser ocurrente todo el rato. No necesito detestar a personas que no conozco para sentirme estúpidamente superior. No necesito ser rica ni ser la mejor en clase de yoga, ni que sea mayo todo el año. Para ser feliz solo necesito que me escriba este idiota. O el otro.

EL MUNDIAL

Solo me engancho a los partidos de fútbol al final, cuando ya queda poco tiempo para que terminen, pero cuando todavía está todo en juego y puede suceder cualquier cosa. No me gusta el fútbol, pero me gustan las prórrogas y los penaltis, el ambiente electrizante de algunos partidos, la sangre fría del portero, solo ante el peligro, con la obligación de leerle la mente al jugador que tiene enfrente, que lanza el penalti movido por la intuición y el instinto, esperando tener suerte y no fastidiarlo todo. Siempre resulta fascinante el momento en que caen las máscaras y dejamos de aparentar, después de unas copas, en un momento de tensión, cuando hay algo en juego que de veras nos importa mucho, y solo me interesan las historias de pareja: un lector y un libro, un hombre y una mujer, un portero y un jugador a punto de lanzar un penalti.

Hoy se jugaban los cuartos de final del mundial de fútbol entre Argentina y Holanda. Iba con Argentina porque Argentina tiene a Messi, y Ana María Moix, Messi y su etapa en el Barcelona forman parte de unos años muy felices para mí. A veces en medio de las sagradas timbas de póquer del domingo en casa de mi madre, Ana la obligaba a dejar la partida para ver una jugada extraordinaria del argentino. Ana se sentaba estratégicamente en una esquina de la mesa desde la que se veía el televisor, que estaba en otro cuarto, y estaba empeñada en que mamá entendiese que el fútbol era un deporte maravilloso, creativo y excitante. Mi madre, que se tomaba el arte muy serio (y Ana insistía en que aquello era puro arte), ponía su cara de concentración y análisis –que podía acabar en una mueca de desprecio o en un gesto de emoción–, y miraba la jugada, asintiendo mientras murmuraba «muy bien, muy bien», impaciente por regresar a la mesa de juego para seguir desplumando a la víctima de turno. Yo lo observaba todo de reojo y a veces, al ver una jugada extraordinaria de Messi, pensaba: «Es guapo Messi, me gusta».

Argentina metió los dos primeros penaltis, Holanda falló los suyos. Sin embargo, logró meter el tercero, y entonces no recuerdo bien lo que ocurrió, solo sé que la cámara enfocó al jugador holandés que iba a lanzar aquel tanto y que, a pesar de ir a muerte con Argentina y de adorar a Messi, vi en el rostro del jovencísimo holandés tanto miedo, tanta concentración, tanta niñez, tanta intensidad, tanto deseo, tanta fuerza, tanta tontería, que por un instante no pude evitar ver a mis hijos (cuando en alguien reconozco a mi madre, está perdido o perdida, cuando en alguien reconozco a mis hijos, estoy perdida yo) y pensé, como una madre idiota: «¿No podrían ganar los dos? Pero ¡si son niños! Que no pierda nadie. ¡Total, qué más da, no importa!». No recuerdo si el joven holandés marcó. Ganó Argentina. Messi estaba pálido, eufórico, agotado. Sobre el césped, el jugador holandés, arrodillado, sollozaba con el rostro entre las manos. Pero mi instinto maternal ya se había desvanecido: aquella era una imagen demasiado convencional y pueril de la derrota, nada que una buena partida de PlayStation no pudiese solucionar.

ESCRITORAS

A veces pienso en mis escritoras favoritas, en cuáles tuvieron hijos o pareja estable, en las que vivieron solas. No es necesario tener hijos ni haberse enamorado veinte veces para saber lo que es el amor. Conocemos la experiencia de la maternidad por haber tenido madre, no por tener hijos. Y uno puede haber estado profunda y perdidamente enamorado de alguien sin haber tenido nunca una relación con esa persona, sin que el objeto de su amor se haya enterado siquiera. Si has tenido una historia de amor, aunque haya sido solo una y haya acabado mal (porque ninguna acaba bien), ya sabes perfectamente lo que es el amor. Después de todo es bastante fácil, hasta un bebé lo entiende, o te acogen o te rechazan, no hay más. Y al menor rechazo, aunque sea minúsculo y milimétrico, es necesario salir corriendo, las puertas del afecto o están abiertas de par en par o están cerradas a cal y canto y no hay nada quc hacer, tal vez en la vida no todo sea blanco o negro, pero en el amor, sí.

La mayoría de los escritores necesitan cierta calma para escribir y son contrarios a tener una vida sentimental muy agitada. Algunas artes permiten más desorden amoroso: los músicos o los actores, por ejemplo. Un músico puede componer una canción en dos horas, un actor filmar una película en dos meses, pero es muy raro que un escritor tarde menos de uno o dos años en escribir un libro, bueno o malo. Un escritor necesita estar solo unas cuantas horas al día y durante esas horas, para que el trabajo salga bien, debe reencontrar al escritor en él y ponerlo a trabajar. No es suficiente con estar físicamente en un espacio y decir «voy a escribir», eso es solo el primer paso, luego hay que buscar al escritor (hay autores que afirman ser escritores las veinticuatro horas del día y desde que tenían cinco años, les envidio, no tengo ni idea de cómo se hace).

Muchos días no logro sentar a la escritora a la mesa, intento seducirla con mil artimañas, velas, bolis de colores, libros geniales, amenazas de ruina, de pobreza y de vida debajo de un puente, té francés, café del bar de la esquina, luz natural, paz, tranquilidad, ocho horas de sueño, viajes y regalos maravillosos una vez el libro esté acabado y, sin embargo, a la mínima señal de pereza, de nerviosismo, de falta de concentración o de entrega, a la mínima interrupción del mundo exterior (tengo que ir al súper, tengo que renovar el carnet de conducir, tengo que dejar a este hombre), la escritora se esconde y desaparece. Se puede follar con alguien sin estar ahí, pero escribir sin estar ahí es imposible.

EL PRIMER HOMBRE

Es el primer día de guardería. Antes de repartirnos por las clases nos hacen sentar por orden alfabético en unos bancos bajos de color azul claro que han colocado en el jardín como si estuviésemos a punto de ver una representación o de escuchar un discurso. Las piernas no me llegan al suelo, las balanceo como siempre que estoy nerviosa. Hace sol, es un jardín de cantos rodados con árboles centenarios, muy parecido al de mi casa, que está a cinco minutos, en la parte alta de la ciudad.

Algunos niños lloran, yo no, soy una niña valiente y obediente. Soy una malcriada, pero me han enseñado a comportarme con decoro (y aunque no me hubiesen enseñado, el decoro y la compostura me gustan, no requieren esfuerzo alguno por mi parte, para bien y para mal muy pocas veces en mi vida he dejado de creer que era la princesa del cuento). Entonces advierto que a mi lado está sentado un espécimen de una raza desconocida: un niño. No se parece a mi padre, ni a mi abuelo, ni a mi hermano, ellos forman parte de mi casa, me resultan familiares, les conozco, van y vienen, me quieren (o me quieren y me odian, en el caso de mi hermano), este niño no. Tengo cuatro años. Por primera vez en mi vida, de un modo confuso y excitante, siento que a mi lado, con unos pantalones cortos de color beige, se sienta la alteridad, la aventura, lo desconocido, el futuro, la salvación y la muerte.

Me miro los calcetines blancos y la punta de los zapatos (siento un odio repentino y absoluto hacia mi niñera, que todavía no es Marisa, por no haberme dejado poner los zapatos de charol negro con hebilla, que son los únicos que verdaderamente me quedan bien). Por primera vez soy consciente de una parte de mi cuerpo, siento una mezcla (fundacional, que me acompañará toda la vida, pero en aquel momento aún no lo sé) de pudor (vergüenza) y de coquetería (deseo). No me atrevo a mirarle, pero siento la misma alegría y los mismos nervios que si acabase de entrar en la juguetería de la Diagonal, la mejor de Barcelona. Aquel niño de cuatro años es el primer hombre de mi vida. Es una auténtica revelación, no hay muchas a lo largo de la vida, yo solo he tenido dos, la de la muerte (en el mismo instante que mi madre me anunció que mi padre se moría, sin vacilar, sin ninguna duda, como si estuviese dando el parte meteorológico, muy al estilo de la familia) y la de los hombres, ambas en un patio de colegio y ambas con igual certeza e intensidad: aquí los hombres y aquí, en la otra cara de la moneda, la muerte.

Al cabo de un rato, descubriré que el niño se llamaba Kaled. Nunca volveré a hacerle ningún caso y nunca olvidaré su nombre.

ESCRIBIR

Voy en un coche a toda velocidad, en el asiento de al lado está Lídia, la persona que se ocupa de mí en Anagrama. No controlo el coche. Intento ir hacia delante y se va hacia atrás. No encuentro ni las marchas ni los pedales. Voy a ciegas, la mirada oscurecida como si me hubiesen puesto un velo sobre los ojos. Le pido a Lídia que conduzca ella, acepta, asiente, me dice que sí, pero soy yo la que sigue al volante. Conduzco un coche enorme, como los que conducen los aristócratas ingleses por la campiña para ir de un castillo a otro. Logramos salir del parking y llegamos a un descampado, una colina muy bonita de césped húmedo y como recién cortado. Vamos a toda pastilla. No puedo frenar. Lo intento una y otra vez. Nos dirigimos hacia el final del paisaje, un acantilado, no sé qué hay más allá, el vacío. Detrás de nosotras, un coche deportivo precioso de color negro toca el claxon con frenesí para que vayamos más deprisa o nos apartemos. El coche no frena, no responde. Nos acercamos al borde del precipicio, me digo que no es tan alto como pensaba, pero no creo que podamos salvarnos, hay unos salientes en la roca, pero no son lo bastante grandes para el coche, seguro que oscilará y caerá al vacío. Me despierto sudando y con el corazón desbocado.

Eso es escribir para mí. No lo digo yo, lo dicen mis sueños. Y, sin embargo, lo primero que hago cada mañana después de lavarme la cara y hacerme un té es abrir el ordenador. No sé por qué no cedo, por qué no claudico, por qué no acepto de una vez por todas mis limitaciones, todo lo que he tenido y tengo que superar cada mañana para sentarme aquí, en este lugar, en este puesto de mando, yo que detesto mandar y que nunca sé lo que hay que hacer, que puedo estar una hora delante de la estantería del supermercado decidiendo si debo comprar Nocilla o Nutella, Nocilla blanca o negra, un bote pequeño o uno normal. Ni mi madre, que era Dios (y que nunca quiso que trabajase en el mundo editorial), pudo evitar que escribiese (nadie puede evitar que hagamos lo que tenemos que hacer, aunque ni nosotros mismos sepamos qué es. Un día en el psiquiatra, después de hablar de la influencia que mi madre había tenido en todos los ámbitos de mi vida y de cómo intentaba siempre salirse con la suya, el médico se quedó callado unos instantes y al final me dijo suavemente: «Y, sin embargo, todas esas cosas que querías hacer las has acabado haciendo, ni una sola dejaste de hacer por tu madre»). Una batalla vana y estúpida que ni siquiera he escogido, a la que simplemente me enfrento cada mañana. Me despierto, me levanto, me siento aquí, sin ninguna reivindicación, ningún entusiasmo, ninguna sensación de poder o de triunfo, sin preguntarme si tengo derecho o no, talento o no, sin sentirme escritora. Me siento, abro el ordenador, bebo un sorbo de café, intento decir alguna cosa que no haya sido dicha mil veces y de mil maneras distintas y mejores, mantengo el temple, a pesar de saber que voy en un coche sin frenos a toda velocidad y que me estoy acercando al precipicio. Escribo.

ESCRIBIR A MANO

La semana pasada mi hijo mayor se fue a Suecia, mi agente me despidió, mi psiquiatra me despidió, mi gestor me despidió, yo despedí a mi novio y se me rompió el ordenador. Me quedé dormida dejándolo abierto en equilibrio encima del brazo del sofá y al despertarme le di un golpe sin querer y se cayó al suelo. Quedó tan abollado como mi coche. En la tienda me dijeron que se tenía que cambiar la pantalla.

Después de unos instantes de fingido pánico (¡Me he quedado sin ordenador! ¿Qué voy a hacer? ¿Cómo trabajaré? No podré escribir. Me arruinaré. Será horrible), empecé a sentirme bastante tranquila y feliz. Me di cuenta de que me gustaba bastante no tener ya ante mí las fauces doradas, exigentes y adictivas de mi ordenador. Recuperaba por pura casualidad, por mala suerte y solo durante tres días una parcela de libertad y de silencio. Sin ordenador era mucho más difícil contactarme, dejaba en cierto modo de estar en el mundo (es cierto que el móvil hoy en día hace de ordenador, pero es más fácil de silenciar y de ignorar, al menos para mí).

Entonces pensé, eufórica (en las vidas agitadas, después del pánico viene la euforia: ¡Me voy a morir! ¡Estoy viva! ¡Me voy a arruinar! ¡Soy riquísima! ¡Nadie me quiere! ¡Todo el mundo me adora!): «¿Y si en realidad no necesitase el ordenador? ¡Eso sería genial! ¡Sin ordenador no podría trabajar!». Y lo que dos horas antes me había parecido una tragedia, de pronto me pareció una bendición. No trabajaría y ni siquiera me sentiría culpable, el ordenador estaba estropeado, era imposible escribir. Por fin se había terminado mi carrera de escritora. Durante un par de días pensé en trabajos alternativos: podía dar clases de inglés o de francés, podía traducir, podía irme a vivir a Cadaqués y cultivar tomates (no sé por qué siempre que una persona de ciudad no sabe lo que va a hacer con su vida exclama: «Pues igual a partir de ahora me dedico a tener un huerto y a cultivar tomates. ¿Quién sabe?». Personas que nunca han plantado nada, que no han estado en el campo más de cinco minutos, a quien el aire demasiado puro de las montañas da dolor de cabeza y que después de dos horas lejos de la ciudad solo desea una cosa: regresar).

Al día siguiente, mientras elegía mentalmente la ropa que me llevaría para ir a vivir a Cadaqués, acompañé a mi hijo a la papelería a hacer unas fotocopias. Mientras esperábamos, compré un par de libretas de colegio y un montón de bolígrafos. Al llegar a casa, abrí una y sin pensar, automáticamente, me puse a escribir la continuación de lo que estaba escribiendo en el ordenador, sin pánico ni euforia, como una ama de casa haciendo la lista de la compra, inclinada sobre el papel como cuando era niña y me decían todo el rato que me pusiese recta. No había fauces doradas y amenazadoras, ni gestores, ni agentes abandonadores, ni novios abandonados. Todo estaba en silencio, escribía aplicadamente en el cuaderno, sin detenerme, sin miedo. Mi hijo regresaría de Suecia, mi ordenador de la tienda de reparaciones y yo, ¿quién sabe?, tal vez algún día tendría un huerto y cultivaría tomates.

LA OBRA MAESTRA DE CINCO MINUTOS

Todos los escritores creemos, al menos durante cinco minutos, que hemos escrito una obra maestra (los bobos lo creen durante más tiempo, pero hay pocos bobos entre los escritores, somos una profesión de listos). Normalmente sucede cuando el libro acaba de salir. De pronto, después de uno o dos años encerrado trabajando, el escritor sale al mundo con un nuevo libro bajo el brazo. Los demás, al verle ahí tan contento, con sus vaqueros, su camisa nueva, el pelo recién cortado, una sonrisa de oreja a oreja y un estudiado discurso sobre el libro, no lo saben, pero esa persona ha cruzado desiertos, ha librado batallas terribles y ha perdido cosas importantes por el camino (la fe, por ejemplo, casi a diario).

Durante años, cuando me han preguntado por las dificultades que conllevaba la profesión de escritor, he contestado restándole importancia al asunto y afirmando que trabajar en un supermercado debía ser muchísimo más duro. Ya no estoy tan segura. En un supermercado las cuentas siempre cuadran, si dejas las latas de tomate encima de una estantería allí se quedan hasta el día siguiente, los yogures se pueden alinear perfectamente, le puedes indicar a la señora que busca disolvente de uñas que este se encuentra en el segundo pasillo a la izquierda, puedes sonreír a los clientes y hacer que su día sea un poco más soportable. Si cambias las bombillas, darán luz; si friegas el suelo, quedará reluciente. Un escritor no, para un escritor no hay ninguna garantía de que los dos euros de los yogures más los cinco del quitaesmalte den siete euros en total.

La gente más inteligente: no logra escribir un buen libro. La gente más divertida: no logra escribir un buen libro. Ni la gente más ambiciosa, ni la más trabajadora, ni la más entusiasta, ni la mejor conectada, ni la más organizada, ni la más culta, ni la más nada. No hay ninguna garantía de que nadie pueda escribir un buen libro. No depende de ninguna cualidad específica, ni de la cantidad de horas o años que le dediques. Y, sin embargo, la mayoría de los escritores estaríamos dispuestos a darlo todo por escribir un buen libro, nos morimos por escribir algo que valga la pena, que conmueva, que atrape, que interese, que trascienda, que atraviese los siglos o al menos los años. Pero ni todas las horas del mundo, ni toda la inteligencia, ni el tesón, ni las ganas, ni ninguna de las cualidades que en las profesiones no artísticas garantizan una buena vida le sirven a un escritor para nada. Las latas de salsa de tomate que un escritor deja perfectamente colocadas en su texto antes de irse a dormir y cerrar el ordenador pueden haber desaparecido a la mañana siguiente, o pueden haberse convertido en cajas de galletas o en comida de perro o en huevos podridos. El libro más mediocre del mundo cuesta el mismo trabajo de escribir que el libro más brillante, el esfuerzo es el mismo, la voluntad también.

¿Qué puede hacer un escritor? Nada. Escribir bien: no es suficiente. Ser ocurrente en la vida real: no es suficiente. Ser un intelectual: no es suficiente. Estar dispuesto a todo, a lo que sea, a vender tu alma al diablo: no es suficiente. Saber mucho de literatura: no es suficiente. Tener una buena historia: no es suficiente. Nada es suficiente, nada es garantía. La repisa está casi siempre vacía. Ni en un supermercado nos contratarían.

DESINTERESADAMENTE

Me gustaría que en los mails y en los mensajes ya no escribiésemos nunca más ni cordialmente, ni afectuosamente, ni besos, ni abrazos, ni con mucho cariño. A partir de ahora solo deberíamos escribir: desinteresadamente. Porque como ya casi nadie hace nada de manera desinteresada, eso sí sería una verdadera declaración de afecto y de amor. Hoy en día todo el mundo quiere algo, eso no es extraño y ha ocurrido siempre, pero ahora se sienten legitimados para pedirlo como si las demás personas solo tuviésemos fines utilitarios y sirviésemos para hacer avanzar y prosperar a los más prácticos y ambiciosos, y eso sí que es nuevo: se llama desfachatez.

Hemos llegado a una época, y tal vez a una edad, en que tratar a la gente porque sí (porque te caen bien o te gustan, porque su presencia te resulta agradable o estimulante, o simplemente porque te inspiran curiosidad o frecuentan el mismo bar que tú) es cada vez menos habitual.

El otro día cené con un amigo artista que afirma tener los mismos amigos desde hace treinta años y que alardea de ser muy leal y campechano. De pronto, hablando de la relación con los demás, me dijo: «Todo el mundo es interesante. Yo soy partidario de hablar y de conocer a todo el mundo...». Y añadió: «Nunca sabes en qué momento alguien te puede resultar útil».

Y hace un año fuimos de viaje con unos amigos y al pasar por el sur de Francia nos detuvimos para visitar a unos conocidos suyos. La mujer acababa de heredar una casa maravillosa de su madre, muerta unos meses atrás. Mi amigo estaba empeñado en visitar el jardín. Era evidente que la dueña, que nos había invitado a comer a todos y que ya nos había dedicado suficiente tiempo, no tenía ningunas ganas de enseñárnoslo. En un momento dado nos separamos un poco del grupo y le susurré a mi amigo: «Te das cuenta de que Nicole no tiene ningunas ganas de enseñarnos el jardín, ¿verdad? De que ya nos ha dedicado bastante tiempo». Mi amigo me miró furibundo y respondió con rabia: «Milena, solo importa lo que uno quiere. Lo que uno quiere. Nada más». Naturalmente, Nicole, que estaba muy bien educada, nos acabó enseñando el jardín.

Ante la falta de límites y la ambición mal entendida de la mayoría de la gente (uno puede querer ser Shakespeare o Miguel Ángel, pero es lamentable que te importe tal o cual reconocimiento ridículo que nadie recordará mañana), la buena educación acabará siendo un problema. Antes era muy fácil comportarse de forma relajada, amable y generosa con todo el mundo porque sabías que más o menos todos teníamos una idea parecida de lo que era correcto y adecuado. Ya no. Antes, cuando alguien me escribía o se ponía en contacto conmigo, pensaba, alegremente: «¡Ah, mira! Se ha debido enamorar de mí». Ahora pienso, lúgubre y depresivamente: «A ver qué quiere...».

Crecí en una época en que la gente no servía para nada, solo para quererla. Nos parecía suficiente. Entre los jóvenes creo que sigue siendo así, tal vez solo sea que los demás nos hemos hecho viejos.

DIEZ AÑOS MENOS TRES DÍAS

Faltaba un mes para que se cumpliesen diez años de la muerte de mi madre y pensaba en ella más de lo habitual. No es que hubiese dejado de pensar en ella en todo aquel tiempo, seguíamos coqueteando, amándonos y odiándonos, aun me ocupaba mucho más tiempo que la mayoría de los hombres (lo que le hubiese encantado, claro), pero los intervalos de paz y de tranquilidad eran cada vez más largos. No sabía si la echaba de menos, no sabía si se podía echar de menos a alguien a quien sabías sin ninguna duda que no volverías a ver nunca. Ahora era yo la que me iba acercando a ella, todo lo lentamente posible, a paso de tortuga, y ella estaba casi siempre inmóvil, a lo lejos, en un cielo despejado entre nubecitas azules. No es que uno crea realmente que vaya a volver a ver a los muertos recientes, pero todas las personas, las muertas y las vivas, tardan un tiempo en irse de nuestro mundo, en desaparecer del todo de nuestra vida cotidiana: quedan un calcetín aquí, una carta allá, un bote de perfume, un restaurante habitual, un gesto recurrente. Durante unos años, los muertos se quedan a nuestro lado en un acto de buena fe, ofreciéndonos lo último que nos pueden ofrecer: su presencia ausente, un vacío cargado de cosas que tocaron, una idea específica del mundo y de nosotros mismos. Después tendemos a mitificarlos y entonces los muertos pierden todo interés, mantenerlos vivos significa recordar también lo cabrones que fueron. Mi madre había muerto hacía mucho tiempo y ya solo hacía apariciones puntuales, yo sabía que no dejaría pasar el décimo aniversario de su muerte.

Cada año organizaba una comida en su honor el día de su cumpleaños y otra el día de su muerte. Me gustaba brindar por ella con mis hijos y los padres de mis hijos, no quería que la olvidásemos, la presencia de los muertos en la vida de los vivos va cambiando a lo largo del tiempo y del mismo modo que no debemos dar por sentado que los vivos estarán siempre a nuestro lado, no debemos pensarlo de los muertos, si no los miramos a los ojos se van, los vivos y los muertos. Y a veces se van hagamos lo que hagamos. No podía creer que hubiesen pasado diez años. Tenía que ser una cena maravillosa, por todo lo alto.

«Creo que mi madre no me quería», dije.

El psiquiatra me miró con su sonrisa de buen psiquiatra, que es un tipo de sonrisa muy específica, discreta e inteligente, atenta pero tranquilizadora (¿miran así también a sus amigos o es solo una sonrisa para los pacientes? ¿La aprenden y la practican en la universidad como una asignatura más? No lo sabía, no tenía ningún amigo psiquiatra, solo sabía que aquella sonrisa –distante, bondadosa y analítica– me había ayudado en más de una ocasión. Y qué locura pagar a alguien para que te conociese. ¿Acaso era de pago el oráculo de Delfos? ¿No hubiese debido ser lo contrario, pagar al que contaba las historias? Así era en el mundo real. Desde el principio, ir al psiquiatra había despertado en mí un montón de interrogantes, no me gustaba tener que ir). Hacía mucho que no hablábamos de mi madre. Los problemas cotidianos habituales, el dinero y los hombres, dos problemas de baja intensidad y de segunda categoría, problemas capaces de hacer descarrilar una vida durante un tiempo, pero de los que casi nunca te morías, ocupaban la mayor parte de nuestras sesiones, sin demasiados progresos por mi parte. Sin embargo, allí estaba de nuevo mi madre.

«Te quiso a su manera», contestó el doctor.

El problema, pensé yo, es que solo existe una manera de querer, no hay más, no hay dos, ni tres, ni cuatro, no hay varias maneras de querer, solo hay una. Tal vez los otros sentimientos permitan más flexibilidad, distintos grados, tonalidades y estilos, pero el amor no, solo hay una manera de querer. Pero no dije nada. Me había dado cuenta de que a los psiquiatras les encantaba que me pusiese a hacer literatura (en cuanto me conocían un poco, se daban cuenta de inmediato del momento en que sin querer, sin transición alguna, como ocurría en la vida cotidiana, mi mirada de persona normal se transmutaba en la mirada de una escritora); a mí, sin embargo terapéuticamente hablando, aquello no me servía para nada: cuando hacía de escritora, cuando empezaba a jugar con conceptos y palabras, a mirar el mundo desde aquel lugar superior, me sentía mucho más fuerte de lo que en realidad era. Aquel poder, el de escribir, me acercaba y me alejaba de la realidad, pero yo no quería ser escritora todo el rato y había optado por vivir en ambos mundos: el normal y el de los dioses. Si en el normal me hubiese ido mínimamente bien en vez de cómicamente mal, no hubiese pisado el otro, no hubiese escrito nunca nada.

Y añadió: «Creo que es bueno que seas capaz de ver a tu madre con un poco de distancia y de objetividad». «Sí, es verdad», respondí.

Al salir de la consulta, llamé a Bruno, el hombre que no me quería y que no sabía quién era Gary Cooper, y le dije: «Mi madre no me quiso. Lo acabo de descubrir».

Naturalmente, un hombre que no sabía quién era Gary Cooper y que lo único que quería en la vida era jugar a tenis y follar no podía entender un concepto tan elaborado como que mi madre no me quisiera, para eso tenías que haber leído a Shakespeare, saber quién era Ingmar Bergman y tener mucho tiempo libre, pero aquel era mi interlocutor actual, mi novio.

«No puede ser», me respondió. «Todas las madres quieren a sus hijos. ¿Cómo se te ha ocurrido esa tontería? Además falta muy poco para su aniversario, con la ilusión que te hacía.»

No sé cómo descubrí que mi madre no me quería. Había llegado a aquella conclusión del mismo modo que uno llega a la conclusión de que está enamorado, sin saber cómo, sin saber por qué. En realidad, ni siquiera era una conclusión, sino más bien una revelación. De pronto un día te dabas cuenta de que estabas en otro planeta, de que todo había cambiado, de que ya no vivías en un sitio normal, lleno de farmacias, calles sucísimas (al menos en Barcelona) y quebraderos de cabeza: el mundo en su mejor versión acababa de ser reinventado para ti. Podían pasar años antes de que fueses expulsado de allí, aunque normalmente solo transcurriesen unos meses. En algunos casos, aquella revelación resultaba falsa, entonces deambulabas unos días (que podían ser muy felices) por el nuevo planeta, hasta que los dioses se daban cuenta de que en realidad estabas solo y eras expulsado sin contemplaciones.

Me despedí de Bruno precipitadamente. Quería que se comportase como un adulto, tenía veinte años menos que yo, pero cuando lo hacía, yo me aburría y le veía como era en realidad: un hombre mucho más serio y convencional que yo. En cambio, cuando se comportaba como un joven con toda la vida por delante, me daba cuenta de que nunca me querría, de que necesitaría perderme y que pasaran muchos años, convertirse en un viejecito calvo, para entonces recordarme y darse cuenta de lo que había perdido (o eso pensaba a veces mi ego desbocado, mi orgullo herido de mujer enamorada que no conseguía lo único que quería, lo único que vale algo en el amor: todo). Yo no lo vería, claro. Afortunadamente, tengo un problema con los calvos.

Adopté en secreto mi nueva identidad de hija a la que su madre no había querido (ni uno solo de mis amigos que la conocieron y trataron me dio la razón) con entusiasmo y dramatismo, como hacía siempre con todo: la entrega debía ser absoluta, la apuesta, máxima, el salto, sin red. Sobre todo, no dejar nunca que la inteligencia se interponga, no sea que el curso del río se ralentice y que los peces voladores dejen de brincar a mi alrededor. He sido afortunada, me he podido permitir el lujo de no pensar con la cabeza muchas veces. Soy consciente de que se trata de un privilegio, de una renuncia también: entre el patio del colegio y el ágora estaré siempre en el patio del colegio.

Durante unos días llevé aquella pérdida, aquella revelación terrible, liberadora según el psiquiatra, como una insignia secreta, casi como una medalla al valor. Recordé la separación de mis padres y la muerte, años más tarde, de mi papá. Pude pronunciar la frase «mi padre ha muerto» meses antes que mi hermano, más sensible, más débil, incapaz de hablar con sus amigos de algo que sin duda ya sabían, puesto que la pérdida de un padre a tan temprana edad –mi hermano tenía dieciséis años, yo, diecisiete– suponía una rareza en el colegio y era motivo seguro de chismorreo entre los alumnos y el profesorado. Y recordaba muy bien el día que a los seis años, en medio de una clase de gimnasia, en el patio de los alumnos de primaria, anuncié a mis amigas que mis padres se habían separado. Se quedaron con los brazos en alto, estupefactas. Tuve que explicarles el significado de separación, «quiere decir que se ha ido a vivir a otra casa durante un tiempo», dije con la seguridad de las niñas listas que no saben nada pero lo intuyen todo; en los años setenta en España, la gente todavía no se separaba, el divorcio no era legal, la mayoría de las madres de mis amigas ni siquiera trabajaban. Me sentí bastante orgullosa de mí misma (supongo que en el fondo era consciente de que acababa de ocurrir una hecatombe, la primera de mi vida, la expulsión de mi padre de nuestra vida cotidiana: a partir de entonces le veríamos una tarde a la semana, dos horas los jueves para merendar), aunque la profesora me castigara por hablar. El Liceo Francés de los años setenta y ochenta era muy estricto en las formas –nos levantábamos cuando el director entraba en el aula, jamás supimos el nombre propio de ningún profesor, olvidarse la bata del comedor era una tragedia y hablar en clase, un crimen–, pero muy tolerante con los niños un poco raros, sensibles o tímidos, nunca me sentí fuera de lugar o marginada, siempre tuve amigas. En cuanto vieron que tenía facilidad para las letras, me permitieron abandonar prácticamente del todo las matemáticas y las ciencias, asistía a las clases, claro, y me presentaba a los exámenes, pero mis nefastas notas en aquellas asignaturas no tenían ningún efecto en mis evaluaciones finales, fui pasando siempre de curso con mis ceros rotundos en matemáticas, ciencias y educación física.

En cualquier caso, aquel día en clase de gimnasia experimenté por primera vez la enorme sensación de triunfo que uno siente al ser capaz de decir las cosas. Ese don y ese deseo, el de ver las cosas y nombrarlas, tal vez sean las únicas dos cualidades naturales de escritora que poseo, todo lo demás lo he tenido que pelear con uñas y dientes.

No sabía qué hacer, faltaba un mes para el aniversario de su muerte y solo era capaz de recordar escenas terribles entre nosotras. Durante los últimos años de su vida había intentado en varias ocasiones hablar con ella sobre nuestra relación. Un día me preparé un gran discurso sobre el amor, el único que he pronunciado en mi vida. He intentado evitar siempre ese tipo de confesiones, hechas desde el dolor y el sufrimiento, porque me parece que en el fondo esconden siempre una petición o una exigencia, el deseo secreto (o no tan secreto) de forzar al otro a darte algo que no quiere darte. Son declaraciones difíciles de hacer y difíciles de escuchar y casi nunca sirven para nada.

Intenté explicarle a mi madre cómo me sentía, su egoísmo, mi abandono, mi necesidad de independencia, su furia, su exigencia, su reacción ante la enfermedad y la pérdida de poder, su obsesión con el dinero. Me escuchó tranquilamente, sin moverse de la cama, sin incorporarse siquiera y al acabar me dijo: «Como veo que ya lo has pensado todo y que lo tienes muy claro, no voy a añadir nada más». Y siguió jugando tan tranquila al solitario.

Al cabo de unos meses encontré en su escritorio, cuidadosamente colocada encima de todos sus papeles, una carta que le había escrito a una amiga común en la que le contaba que los médicos le habían confirmado lo que ella ya sospechaba, que el Parkinson era culpa mía (también le decía que a mi hermano y a mí solo nos interesaba su dinero, pero eso en comparación me pareció una tontería, todos los viejos con algo de dinero acaban pensando lo mismo). No sé cómo el ser más inteligente y racional que he conocido pudo llegar a esa conclusión. En menos de cinco años, yo había pasado de ser alguien que podía hacer que el sol brillase a ser alguien que le iba a causar la muerte. Entré en su dormitorio con la carta entre las manos, me temblaban tanto que casi no podía sostenerla. «Mamá, ¿cómo puedes pensar eso?», dije. Vi pasar por su mirada, veloz como un rayo, una expresión de triunfo, sus ojos relucieron satánicamente durante unos segundos, los que tardó en decidir si entraba a matar o no; finalmente todo su cuerpo se relajó, sus ojos recuperaron la expresión triste y cansada de los últimos años y murmuró: «Milenita, Milenita». Se había apiadado de mí. No dije nada, dejé la carta donde la había encontrado y me marché.

Hubiese podido intentar hablar con sus amigos, pero la mayoría estaban muertos y casi no tenía trato con los que quedaban. Tampoco sabía con cuánta gente había compartido sus sospechas de mi implicación en su enfermedad, ni cuántos tontos se lo habían creído. La amiga de la carta no volvió a dirigirme la palabra (pero debo decir, para ser perfectamente honesta, que aquella mujer había sido autora mía cuando yo era editora y que habíamos tenido algunas desavenencias, más que desavenencias en realidad, yo había cometido una pifia grave en la edición de uno de sus libros, un error en la impresión del color en la portada, y ahora sé, por experiencia propia, que no hay nadie en el mundo más rencoroso que un escritor que piensa que le has perjudicado, la autora en cuestión al recibir la carta de mi madre debió pensar: «Ah, mira, todo encaja: arruinó mi libro y ahora intenta matar a su madre. Tiene sentido») y tampoco me dio el pésame cuando murió mi madre, pero eso creo que fue debido a la falta de modales más que a la mala fe. La gente no muy bien educada piensa que el enfado, la indignación, la rabia o el no salirse con la suya les da derecho a dejar de lado las más básicas normas de conducta: solo son educados cuando están contentos. Es cierto que ser educado es un tormento.

Un día, paseando por el Ensanche, me encontré con Pedro, uno de los mejores amigos de mi madre. Pedro había sido como un tío para nosotros. Habíamos viajado juntos a mil sitios y venía a Cadaqués cada verano, durante una época no recuerdo ningún plan familiar en el que Pedro no estuviese automáticamente incluido, le veíamos a diario. Tenía una cultura amplia y ligera (no era un erudito, en aquella época ya empezaban a escasear, y era mucho más joven que mi madre), era elegante, pijo, divertido, malévolo y muy simpático. Su vida amorosa era un misterio, no sabíamos si le gustaban los hombres, las mujeres, ambas cosas o ninguna, pero lo importante era que siempre estaba disponible para mi madre: era el acompañante perfecto. Era también el mayor mentiroso compulsivo del mundo y, cuando se iba de casa después de cenar, jugábamos a adivinar qué parte de lo que había contado aquella noche era verdad y qué parte, pura invención.

Hacía años que no nos veíamos. Me contó que su madre había muerto y que ya no vivía en Barcelona. Había hecho reformar la gran casa familiar que tenían en el Empordà y ahora vivía allí. Bajaba un día a la semana a Barcelona para hacer recados y para ver a sus amigos. Me dijo que echaba de menos a mi madre a pesar de que en los últimos años hubiesen dejado de tratarse (se habían enfadado, mi madre le había mandado una de sus cartas asesinas y él nunca le había contestado). Le dije que apenas faltaban dos semanas para que se cumpliesen diez años de su muerte, que los últimos años habían sido muy difíciles. Me dijo que era normal, que una persona tan rebelde y complicada como ella no podía tener una vejez fácil. Le dije que llegué a dudar de su amor. «No digas tonterías», respondió. Y antes de marcharse, después de asegurarle yo que subiría con los chicos a visitarle (sabiendo perfectamente que no lo haría, pero contenta de contribuir a la buena marcha del mundo: claro que nos veremos, claro que todo será como antes) y de decirme él que me iba a regalar un reloj de oro («Te quedará mucho mejor que a mí, te encantará»), dijo: «De todos modos, tu madre solo quiso a dos personas en el mundo: a Mercedes y a tu padre». Mercedes, mi madrina, era su mejor amiga, había muerto también muchos años atrás. Me di cuenta entonces de que Pedro estaba hablando de sí mismo, de su relación con mi madre, de sus expectativas amistosas y de su fracaso. No me atreví a preguntarle directamente si pensaba que mi madre no me había querido. Estaba un poco deprimida, pero eso no me daba derecho a caer en el patetismo. Recordé el consejo inestimable que Adela, una de las mejores amigas de mi madre, me había dado una vez: no preguntes nunca lo que en realidad no desees saber o en el fondo de tu corazón ya sepas (en aquella época, yo tenía veinte años y un amante inglés casado, y de pronto un día quise saber si se acostaba con su mujer. Yo, obviamente, solo me acostaba con él. Se lo comenté a Adela, que se echó a reír y dijo con su desparpajo argentino-parisino de mujer que había vivido en París en Mayo del 68: «Pues claro que se debe acostar con su mujer, ¿no? Es su mujer. Se acuestan cada día en la misma cama», y al ver mi cara de estupor y de pena, añadió, dirigiendo una mirada a mi minifalda: «No te preocupes, tienes unas piernas maravillosas. Todo se arreglará». Se lo acabé preguntando directamente a él la siguiente vez que le vi, que fue la última, claro. A veces es necesario despeñarse).

Y antes de desaparecer por Paseo de Gracia, con su aspecto impecable y suave de burgués catalán, de hombre de mundo sin ansias de poder (no las había necesitado, había tenido una madre que le adoraba, era guapo y simpático, y después de pasar toda la juventud viajando y divirtiéndose –una parte de ella en nuestra casa haciéndonos reír y contándonos historias locas y chismorreos de toda la ciudad–, se había dedicado con éxito a su pasión, la ópera, convirtiéndose en agente musical de algunos de los mejores cantantes del mundo), con su americana de tweed y sus zapatos perfectamente envejecidos («No te puedes tomar en serio a ningún hombre que lleve zapatos que tengan menos de veinte años», me dije en cuanto le vi, y luego pensé que tal vez si volvía a pensar tonterías como esa solo para mi propia diversión y entretenimiento era que ya no estaba tan deprimida), se dio la vuelta y me dijo: «¿Por qué no intentas leerla? Tu madre era muy buena escritora. Tal vez allí encuentres algo». Y desapareció entre los turistas.

Así que empecé a leerla. A pesar de su insistencia, no lo había hecho mientras estaba en vida. «Claro, como no me has leído...», coqueteaba algunas veces cuando yo le preguntaba sobre historias familiares y recuerdos. Pero yo no sentía el menor deseo de leerla, temía sus confesiones amorosas y sentimentales, y ya la quería todo lo que un ser humano podía querer a otro. Aunque ella en su infinita vanidad de persona acomplejada pensase que sí, leerla no me hubiese hecho quererla más, solo me hubiese hecho conocerla más, y no es seguro que los hijos deban conocer a los padres.

Como suele ocurrir cuando uno lee a alguien que conoce en la vida real, y más si es tu madre, en sus libros encontré a una persona que por un lado me resultaba muy familiar y cercana y por otro totalmente ajena e irreconocible. Me angustiaba leerla. Veía erigirse ante mí a una mujer con una vida propia, soberana, separada de la mía, una vida en la que la protagonista era ella. Recordé una conversación que tuvimos un día en el coche. Yo tenía seis o siete años y habíamos salido a hacer recados, iba sentada en el asiento de atrás. No sé por qué, supongo que por algo que había visto en la televisión o por alguna conversación en el patio del colegio, en un momento dado le dije: «Tú eres una señora, mamá». Y ella, con las manos al volante, sin darse la vuelta siquiera (y eso que estábamos paradas en un semáforo), respondió: «No, no soy una señora, Milena, soy una mujer». Sentí un poco de asco, una repugnancia fulminante que reprimí al momento, como si de pronto en el coche hubiese entrado un animal peligroso y un poco maloliente. Mi madre era una mujer, no una señora, ni siquiera una madre. Intuí el peligro inmediatamente.

Al leerla descubría a una mujer inteligente, sensible, valiente, fuerte y a ratos no tan lista como ella se pensaba. Me di cuenta por primera vez de que algunas de sus opiniones y reacciones eran el resultado de haber nacido en una época, justo cuando empezó la Guerra Civil, y en una clase social, la burguesía. Veía también a alguien vulnerable, débil a ratos, tan enamoradiza como yo. Me preguntaba: «¿Esta es mi madre? ¡Si sobre algunas cosas sabe menos que yo!». La veía sufrir en las páginas de sus libros y, a pesar de que muchas de las historias que contaba eran anteriores a mi nacimiento, pensaba que yo hubiese podido protegerla y ayudarla. En otros momentos me indignaba y exclamaba: «Pero ¡qué patética y cursi eres! ¡Qué equivocada estás! ¡Qué burra! ¡Cómo te equivocabas sobre tu propia madre!». Mi madre nunca escribió sobre sus hijos (de vez en cuando nos amenazaba con hacerlo, pero al minuto siguiente retrocedía diciendo: «No, no, no podría, no me volveríais a dirigir la palabra en la vida», divertida y escandalizada ante sus propios pensamientos diabólicos), pero escribió largo y tendido sobre su propia madre, a la que acusaba de no haberla querido. Pensaba: «¡Qué idiota! Reprocharle a mi abuela no haber querido a mi abuelo (como si uno pudiese decidir esas cosas) y no haber desarrollado sus múltiples talentos, como si para una burguesa de aquella época hubiese sido fácil». No la admiraba, no la odiaba tampoco, en todo caso me daba un poco de pena. En ciertos momentos de la lectura tenía la sensación de que yo era la madre y ella la hija. Qué jóvenes somos todos y qué inexpertos. Incluso cuando somos adultos inteligentes, qué tontos somos, me decía al leerla. Qué jóvenes. Vivimos demasiados pocos años, no tenemos tiempo de salir de la niñez. Necesitaríamos doscientos años al menos.

Descubrí leyéndola que, cuando nacimos mi hermano y yo, mi madre estaba a punto de cerrar el capítulo del amor y de las grandes pasiones. Mi hermano y yo formamos parte de aquella etapa en que escribe «dejaron de sucederme historias y comenzaron a pasarme cosas». No llegamos a tiempo por los pelos, la puerta se cerró ante nuestras narices de bebés recién nacidos. «Lo que sentía y siento [por mis hijos] es algo que poco o nada tiene que ver con el enamoramiento y la pasión», escribió también. Pero ¿cómo podía ser eso cierto?

Un día acabé en urgencias a la una de la madrugada. Hacía una semana que había dejado a Bruno por milésima vez, pensaba que me estaba muriendo, lo pensé durante meses, habían sido dos años de un dolor, de una incomodidad, de una intensidad y de una tontería casi continuos (las cosas esenciales, verdaderas, que había aprendido de aquella relación las entendería más tarde y las recogerían, disfrutarían y maldecirían otros hombres). ¿Cómo iba a vivir sin él? No lo sabía. El dolor o se sustituye por más dolor (la amigdalitis aguda que después de dos días a cuarenta de fiebre sin lograr que bajase hizo que la médica me mandase a urgencias) o se sustituye por felicidad, y mi cuerpo optó por lo que tenía más cerca, el dolor. Estuve horas tumbada en la camilla en una habitación mientras me hacían análisis y me administraban suero y antibióticos, casi me había desmayado en el mostrador de admisiones, no me tenía en pie. Resultó que no solo tenía una amigdalitis, sino que encima tenía anemia, aguda también según la médica que me atendió. No estaba sola, Grego, el padre de mi hijo pequeño, me acompañó y se quedó conmigo dándome la mano hasta que me dieron el alta. Y al ver sus ojos de preocupación y sentir su mano apretando la mía, pensé que si me pedía matrimonio en los diez minutos siguientes me casaría con él, abandonaría mi vida solitaria y loca y seríamos felices para siempre. No lo hizo. Bueno, sí que lo hizo, pero dos minutos (dos días) demasiado tarde. Por dos días no me convertí en otra mujer que ¿cuánto hubiese durado? Dos días más (los dos padres de mis hijos lo saben y por eso sus reiteradas propuestas de matrimonio a lo largo de los años han sido tan poco convincentes, solo son una manera –simpática, generosa y socarrona en el caso de Enric; apasionada, sensata y planificadora en el de Grego– de hacerme saber que me siguen queriendo, que nada de valor tiramos por la borda, que fuimos genios). Regresamos a casa en moto, iba envuelta en su chaqueta y abrazada a él, me encontraba un poco mejor, era verano y la Diagonal estaba casi desierta, cerré los ojos, sentí el aire tibio en las mejillas y en los párpados y de pronto pensé: «En algún momento tendré que volver a querer a mi madre». Faltaban diez días para el aniversario de su muerte.

Pasé la semana siguiente en cama con mucha fiebre. En los momentos de lucidez y tranquilidad me decía que no quería que me ocurriese como a ella, que perdonó a su madre en su lecho de muerte, cuando ya estaban las dos tan cerca. Dos días antes de morir empezó a llamar a su madre, a su madre y a mí (mamá, Milena, mamá, Milena). Mi abuela acudió, yo no. Y después de pasar muchos meses odiándola porque no me quiso lo suficiente o porque no me quiso del modo que yo necesitaba o porque no me quiso y punto o porque fui yo la que no la quise lo suficiente, decidí intentar verla con un poco de distancia, no como la hubiese visto un bebé recién nacido y necesitado, o una adolescente dolorida, o una joven malcriada y caprichosa, o una adulta egoísta y asustada, sino como una mujer adulta y capaz.

Recordé su amor por los libros, anterior y ajeno a mí y a la maternidad. Mi madre amaba los libros con la pasión del coleccionista (era coleccionista y adicta al juego, dos rasgos que suelen ir de la mano), los amaba más allá de su contenido, reconocía al instante una buena edición, una mala traducción, una encuadernación primorosa, un papel suntuoso, una tipografía refinada. No en vano fue editora durante más de cuarenta años. Mi madre sabía si un libro duraría siglos o se desmembraría al cabo de pocos meses, como yo con los hombres. Los buenos libros refulgían en sus manos. Afirmaba, con el extraño afán de competición que a veces se adueña de las madres que han tenido hijas, que la única parte del cuerpo que tenía más bonita que yo eran las manos. Era cierto. Yo reverenciaba aquellas manos. También las de mi padre, tan viriles, sobrias y flacas, y las de mi abuelo, grandes, un poco secas, surcadas de hermosas venas azules. Mi abuela tenía manos de burguesa, largas, pálidas y finas, eran perfectas pero me impresionaban menos, no eran tan carnales como los otros tres pares (mi abuelo era cirujano; mi padre se había tenido que exiliar por culpa de Franco, había vivido una guerra y había estado en la cárcel, y mi madre era una salvaje natural: los tres habían hundido las manos en la tierra). Las manos de mi padre, de mi madre y de mi abuelo parecían, por tamaño, calidez y suavidad, diseñadas para hacer felices a los demás, para curar, proteger y salvar, para señalar, poseer y ofrecer todo lo que el mundo tiene de extraordinario. Lo que sé sobre el amor yace en el interior de aquellos tres pares de manos.

Me parece que además el contacto con los libros devolvía a mi madre a su niñez. Siempre que podía se sentaba en el suelo como una niña pequeña, nunca se supo sentar bien. Empezaba sentada con toda formalidad en el sofá y poco a poco, disimuladamente, como una culebra, se iba deslizando hasta el suelo (en su casa todos los suelos estaban enmoquetados o cubiertos de alfombras), donde acababa sentada con las piernas cruzadas y la barbilla apoyada en las manos. No sé cuántos gestos conservamos de la niñez, pero el día que ya no quede nadie en el mundo que los reconozca o que los busque en nosotros estaremos irremediablemente perdidos.

Yo leo y tiro los libros a la basura, los maltrato sin piedad, soy como un carnicero con una pieza de carne, los trato con más familiaridad y confianza que a los seres humanos, no permito que me tomen el pelo, los veo venir a la legua, más que a las personas. Compro siempre las ediciones más baratas (menos en el caso de los volúmenes de la colección francesa de La Pléiade, en el caso de La Pléiade la relación se invierte, son ellos los que me miran con un poco de desconfianza y de desprecio, soy yo la que debo mostrarme a la altura de sus tapas marrones, de su papel biblia, de su grosor imponente, ante esos libros se acaban las tonterías), me da igual. Pero para mi madre, los libros eran realmente objetos sagrados, el soporte prodigioso de cierta idea del mundo y de la belleza. Le gustaban los libros, a mí no, prefiero la ropa, yo compro libros como compro comida, por necesidad. Mi madre amaba los libros, no es que no fuese capaz de amar. Y amaba a sus perros también, profundamente, sin ninguna duda. En Cadaqués los llevaba ella misma –con ayuda de la chica, llegamos a tener tres labradores, perros corpulentos, imposibles de manejar para una sola persona– a bañarse cada mañana, arriesgándose a que los dos policías del pueblo la multasen por no respetar una norma absurda (todavía vigente) que prohíbe que se bañen los perros en la playa, pero que permite que lo hagan alegremente seres humanos mucho más feos, ruidosos y mal educados. Mi madre estaba dispuesta a despertarse a las seis de la mañana en agosto para que sus perros, que como ella adoraban el mar (especialmente los labradores y los pastores del Pirineo, los teckels no tanto), se diesen un baño cada día. La recordaba en esos momentos, recorriendo la playa con los perros y lanzándoles una y otra vez un palo para que lo fuesen a buscar o pasando con reverencia las páginas de los libros infantiles antiguos que compraba en Londres –uno o dos en cada una de nuestras visitas, después de ardua reflexión y detallado examen del catálogo que cada trimestre nos mandaba la librería– y no podía evitar quererla de nuevo.

Junto a esas dos pasiones, había otra, el gusto por el exceso, ya fuese comiéndose a cucharadas una lata entera de leche condensada al baño maría, desvalijando una tienda y comprando regalos fastuosos para todo el mundo o invitando a sus amigos y a las parejas de sus hijos a viajes maravillosos. Empecé a preguntarme si aquella voracidad por la vida no era en realidad un modo de alejar las sombras, de mantener la tristeza a distancia. Mi madre, que lo había tenido todo, talento, inteligencia, compasión, dinero, sentido del humor, valor, fuerza, salud, generosidad, suerte, reconocimiento, amigos y amor, me dijo en una ocasión, hablando de los hombres, pero tal vez en realidad estuviese hablando de todo: «Yo quería la luna y la luna no te la puede dar nadie». Escuché a mi madre decir aquello una única vez en mi vida, era una frase extraña en ella, tal vez fuese solo el resultado de una nostalgia pasajera, de un desánimo repentino, del peso del tiempo sobre sus hombros. O puede que fuese verdad. Y pensé, con el candor y la pasión de la adolescencia, y con la frustración de una niña el día que se da cuenta de que su felicidad depende de su madre, pero que la de su madre no depende únicamente de ella (y con la sensación confusa de que aquello podía ser nuestra perdición): «¿Para qué quieres la luna? Si la luna ya la tienes. Te la he dado yo». Allí estábamos las dos: una chalada que quería la luna y otra chalada que pensaba que ya la tenía, dos variedades de la misma enfermedad: o todo o nada.

Sin embargo, la evocación de aquellos gestos luminosos de generosidad y exceso, de entusiasmo y de voracidad por la vida (un modo característico de tratarla de tú a tú, mirándola a los ojos, nunca vi a mi madre asustada) no me conmovían tanto como los recuerdos de ella con sus perros o sus libros. Me di cuenta de que la volvía a querer cuando era capaz de verla como alguien totalmente ajeno a mí, sin necesidad de darme nada.

Y finalmente un día entendí que mi madre –la mujer que jugaba con sus perros en las playas de Cadaqués y la mujer que leía sentada en el suelo con las piernas cruzadas como una niña de cinco años, pero también la mujer que un día, tardíamente y con plena consciencia, decidió que tal vez la experiencia de la maternidad sí que valía la pena y no se la quería perder– decidió querernos y educarnos con lo que consideraba su parte más valiosa: la cabeza. Yo sé que la cabeza no sirve para casi nada, para sumar y para restar, para escribir libros, pero mi madre era una mujer de otra generación, la cabeza era lo más valioso que tenían. El salto al amor total, animal y un poco pueblerino de nuestra época ocurrió más tarde, las mujeres de la generación de mi madre querían a sus hijos con cierta distancia y despreocupación, se mezclaron la frialdad y las formas de la burguesía con la despreocupación y la libertad de los que fueron padres en los años setenta mientras hacían la revolución. Mi madre además era una intelectual y había estudiado en el Liceo Alemán, tenía una educación germánica, el lujo de la pasión se lo permitió en sus historias sentimentales, con sus perros, casi nunca con nosotros. Decidió poner lo que más valoraba en ella, su mejor parte, la inteligencia, al servicio de la relación con sus hijos. Nunca, o solo en contadas ocasiones, se dejó llevar por la pasión con nosotros –yo solo me muevo por eso, incluso cuando voy al supermercado a comprar yogures–, pero claro que me había querido. Y había hecho algo más, me había convertido en la madre que era. Para mis hijos transformé aquella duda (la duda universal más estúpida del mundo: me quiere, no me quiere) en una certeza absoluta. Mis hijos nunca jamás tendrían que preguntarse si su madre les quería o les había querido. Todo lo demás podía estar en el aire, pero eso no. Transformé mi carencia en abundancia, mis vacilaciones y dudas en certezas absolutas. Mis hijos nunca tendrían las manos vacías, la sombra de la mía siempre estaría cerca, siempre estaría dispuesta a realizar de nuevo, una vez más, aquel gesto secreto que inventó mi madre para ellos cuando les daba la mano: separar un poco la palma y con el dedo índice hacerles cosquillas en la suya. Significaba «te quiero».

Organicé una cena por todo lo alto para el día del aniversario, fuimos a su restaurante favorito, pedimos langosta, mi hermano pronunció un discurso muy bonito, Grego recordó el día que la conoció en el ascensor de casa, Enric volvió a decir, llevado por el entusiasmo y el champán, que era una escritora tan buena como la Rodoreda y todos brindamos a su salud.

Al día siguiente me llamaron de la televisión para decirme que como faltaba poco para que se cumpliesen los diez años de su muerte, querían hacer un pequeño reportaje en su honor. «¿Cómo que falta poco?», pensé. Respondí muy dignamente que no estaba interesada, colgué el teléfono y entré corriendo en Wikipedia. Los de la televisión tenían razón, me había equivocado de fecha, el aniversario era tres días más tarde.

DEL AMOR Y OTRAS TONTERÍAS

CONVENTO

Si al besar por primera o por milésima vez a un hombre (o a una mujer) no sientes un deseo inmediato e irrefrenable de estar con él (o con ella) es que la historia (de un día, de siete años, de ciento cincuenta, da igual) ha acabado. Lo sé yo y lo sabe el universo entero desde el principio de los tiempos. Entonces uno puede casarse o seguir casado con esa persona, ser bastante feliz, tener hijos, viajar, bailar, tener amigos, escribir y leer libros, comprar objetos bonitos, tener perro, mejorar el mundo, cocinar, divertirse, emborracharse, jugar a golf, ver partidos de fútbol y de tenis, ser bastante bueno en la cama, tener un trabajo satisfactorio, comprar y decorar casas, dirigir empresas, pintar cuadros, no sentirse horriblemente solo, ser un miembro destacado de la sociedad, ganar dinero, cultivar un huerto o un jardín, tener una vida fantástica y muchos planes de futuro y hacer el amor una vez a la semana. O nunca más.

Yo no he sabido, no he podido o no he querido construir una vida larga con alguien. Entre la nada y eso (una vida fraternal en común después de dos o tres años de pasión física), he escogido una y otra vez la nada, tozudamente, estúpidamente, con una coherencia humillada e inusual, sin vacilar (si fuese muy mala escritora diría, con gran dramatismo, que la nada me ha escogido a mí, pero sería mentira, todo lo que he hecho lo he elegido yo, una y otra vez, muchas veces, hasta que he logrado convertirlo en mi vida y en mi destino). Entro y salgo de ese convento, beso a alguien, me dejo besar, regreso.

ACELERACIÓN

Para ver las cosas del amor claras, necesito acelerarlas, verlas pasar ante mis ojos a toda velocidad. No necesito paz y tranquilidad, ni horas, ni días, ni conocer más a la persona. Necesito velocidad, apretar el acelerador y entonces mirar a mi alrededor, lo que no se ha desintegrado es lo que me interesa. No dar ni un minuto a nadie, no dármelo a mí misma. Ir todo lo deprisa que pueda ir. Recuerdo muy bien las veces que no me he atrevido y he frenado y que la otra persona me ha rebasado y ha pasado de largo, recuerdo a cada uno de esos hombres y a veces pienso que hubiese debido lanzarme y que lo único que me frenó fue el miedo (a que fuesen mejores que yo, más valientes, más inteligentes, más bondadosos, mejores amantes). En cambio, apenas recuerdo a los que dejé atrás yo, forman un grupo amorfo e inofensivo, me alegro cuando me los encuentro por la calle, guapos y simpáticos, pienso que estuve loca de enamorarme de ellos, que realmente no teníamos nada en común. Los que te rebasan a ti no te rebasan porque vayan a otro sitio, te rebasan porque van más lejos. La invitación a París que no acepté, la llamada de teléfono que no respondí, el mensaje de madrugada que no contesté, la rosa en el buzón que no tuve el valor de agradecer, las fotografías que no me dejé hacer porque supe que serían de mi alma, la caricia en la rodilla por debajo de una mesa llena de gente, el empujón adolescente más significativo que un beso en la boca, el beso formal en la mejilla que se desliza hasta el cuello, dos segundos imperceptibles para todo el mundo, el paseo por un puerto de Turquía al atardecer con tu mejor amigo, del cual estás secretamente enamorada y que te pregunta con timidez, valor y honestidad: «¿Y nosotros qué?». Y al que respondes, mintiendo como una bellaca: «Y nosotros nada, aquí estamos». La cena con otro amigo del cual también estás enamorada, y él de ti, y como ambos sabéis lo complicado que sería, acordáis que para vivir vuestro amor lo mejor será esperar a tener ambos ochenta años y estar en una silla de ruedas, así será más fácil, afirmáis entre risas. Y el otro amigo con el que pactas casarte si a los cuarenta años seguís solteros los dos. Y tú seguirás soltera, claro, y ya te habrás separado en serio tres veces, y él estará casado con una mujer guapa y alocada y parlanchina. Las historias de amor que no ocurrieron también ocurrieron y tal vez hayamos vivido mucho más de lo que hemos vivido.

LOS AMORES DE AGOSTO

A mediados de agosto, los hombres se dan cuenta de que los amores buenos son los amores de invierno. Como si la luz, el calor, el mar, las vacaciones, el vino helado con cubitos de hielo (que me gusta porque me gusta el vino aguado y muy frío y también por ver la cara de estupor de los puristas del vino –casi siempre hombres, claro, la división de las bobadas depende absolutamente del género, hay bobadas masculinas y bobadas femeninas– cuando le pido al camarero que me traiga hielo, y entonces, sin dejarles hablar y sin saber si es cierto, digo: «En Francia lo hace todo el mundo», y se callan, porque los puristas, en el fondo, son muy inseguros), las noches largas y la mayor predisposición a enamorarse nos hiciesen recordar de pronto un cuerpo pálido bajo las sábanas, una nariz enrojecida por el frío o el resfriado, una mirada directa y clara a través de un restaurante lleno de gente en un día gris, humeante y lluvioso. A partir del 17 de agosto ya no hay nada que hacer, sabes que este no va a ser el verano de tu vida. Y piensas: «Pero ¿tal vez junio fue el junio de mi vida? ¿Quizá enero fuese el mejor enero en muchos siglos? ¿A quién besé durante aquellos meses?». Y alguien aparece en un sueño, porque en agosto se sueña más y se recuerdan más los sueños. Y a la mañana siguiente un hombre manda un mensaje a su amor de invierno diciéndole que echa de menos sus ojos sonrientes.

El deseo (el mío por los hombres y el de los hombres por mí) se ha convertido en algo ajeno. Antes no había ninguna distancia, yo era el deseo, el deseo era yo, ahora sí. Me digo: «Mira, el deseo», como cuando te cruzas con un viejo conocido por el barrio. Provocarlo y sentirlo ya no me conducen inexorablemente al amor. Lo miro, lo estudio, sigue siendo el único tirano ante el que me arrodillo, pero cuando pasa ya no es un drama y no tengo que pagar por él con mi vida. Está en la misma categoría que los hombres, cuando me disgusto o me obsesiono, cuando enfermo o estoy eufórica, pienso: «Ah, mira, los hombres, los problemas de los hombres». Y ahora digo: «Ah, mira, el deseo». Y sonrío de lo lista que me he vuelto. Estamos, por fin, en igualdad de condiciones.

EL DÍA MÁS FRÍO DEL AÑO

Era el día más frío del año. Estaba preparando mi fiesta de cumpleaños, había ido a desayunar a mi cafetería favorita y salía de una reunión en el instituto de mi hijo pequeño en la que había presentado una propuesta para organizar un club de lectura para los estudiantes del último curso que había sido recibida con gran entusiasmo. Me dirigía a la pastelería para recoger mi pastel de cumpleaños cuando vi a Alex bajando por la calle. Hacía años que no nos veíamos. De una delgadez un poco impostada, cabezón, con la melena al viento y vestimenta oscura, él también me había visto y se me acercaba sonriendo. «¡Qué alegría! ¡Cuánto tiempo!»

Nos conocíamos desde hacía más de veinte años. Había sido un hombre inteligente, talentoso (como el talento no se ve, la gente piensa que no desaparece, pero en realidad es tan efímero y frágil como la belleza) y furibundo –una de esas personas que solo se calman después de unas cuantas copas–. A mí siempre me había parecido un poco agresivo e intransigente, presuntuoso y poco amable, había en él una tensión permanente, como si en cualquier momento pudiese pegarte un puñetazo. Lo aguantábamos por su brillantez y porque intuíamos en él, tal vez con exceso de optimismo, un fondo de bondad y de decencia.

Después de hablar del tiempo –aquella noche había nevado en el Tibidabo, lo cual era algo totalmente excepcional– y de la pastelería a la que me dirigía para comprar los dulces –que a los dos nos encantaba y frecuentábamos–, dijo: «No entiendo por qué no nos vemos más a menudo. Deberíamos quedar».

Sonreí y durante unos segundos me pregunté si debía invitarlo a mi cumpleaños. Estuve a punto de hacerlo, pero al final me contuve, supongo que fue el instinto de supervivencia. Entonces, mirando al horizonte (es uno de esos hombres coquetos que miran al horizonte cuando piensan, para que les veas pensar), sin que viniese a cuento, sin haberle preguntado yo nada (jamás le preguntaría a nadie si me ha leído, me parece una pregunta de pésimo gusto), dijo: «Leí tu último libro», y deteniéndose y vacilando un poco, añadió: «Bueno..., no era nada del otro mundo...». O tal vez solo dijese: «Bueno..., no estaba mal». No recuerdo cuales fueron sus palabras exactas, pero recuerdo que pensé como un rayo: «Esa es la razón por la que no nos tratamos», y también: «Menos mal que no le he invitado a la fiesta de esta noche».

Pero justamente aquel día era casi mi cumpleaños y yo ya no era la joven deseosa de complacer y de que la quisieran de cuando nos habíamos conocido.

Justamente aquel día iba a comprar champán y mis dulces favoritos para mis amigos, acababa de tener una reunión de trabajo que había ido bien, había estado en mi cafetería favorita, llevaba un jersey bonito de lana azul marino, un poco marinero, con bolsillos a los lados y el frío hacía que me sintiese viva y audaz. Así que respondí mirándole a los ojos y sonriendo: «Es mejor que todos los tuyos».

No tuve tiempo de escuchar su respuesta, creo que oí un débil «sí» seguido de una carcajada de dolor, o tal vez fuese al revés, primero la carcajada y luego el «sí». No le di tiempo a decir nada más, me di la vuelta y seguí mi camino.

No lo dije por reivindicación feminista, no lo dije para sacudirme de encima una vez más (no es suficiente con hacerlo una vez, hay que hacerlo mil, se convierte en un gesto automático, como apartarse el flequillo de la frente o morderse los labios) el paternalismo estomagante, soterrado o no, de la mayoría de los hombres mayores de cuarenta años, el corporativismo descarado de casi todos los intelectuales, la indiferencia, el desinterés, el desprecio y la ignorancia de los hombres por lo que escribimos las mujeres (ayer mismo vino un amigo francés a casa, un hombre culto y refinado, lector, vio la pila de los libros de Annie Ernaux, se volvió hacia mi hijo menor y con una expresión entre asqueada e irónica le preguntó: «¿Quién es esta Annie Ernaux?»). Lo dije porque tenía prisa, porque quería llegar a la pastelería antes de que cerraran, porque al día siguiente era mi cumpleaños y, sobre todo, porque era verdad.

UNA VELADA CON ALBERT SERRA

Una noche, mi hijo Héctor, que tiene quince años, conoce a Albert Serra. A la mañana siguiente me lo cuenta y yo, sentada en su cama con el ordenador sobre las rodillas, transcribo tal cual, sin cambiar ni censurar nada, sus palabras. Me lo cuenta tal como lo vivió, pero al ver que desde el principio empiezo a reír y a indagar, me lo cuenta también, como un pequeño Scheherezade, para seducirme (y me alegra observar que, de haberse visto en el mismo entuerto que la hija del gran visir, probablemente también se hubiese salvado; hay que preparar a los hijos para todo, tan importante es contarles cuentos como que sepan contarlos). Sus palabras hacen volar las mías por los aires (estoy en plena escritura de un nuevo libro). Pienso que si me atrevo las pondré como intermedio, como interludio, como descanso, como visión alternativa de la parte más festiva, alocada y trivial de un mundo, el artístico, a veces mitificado y falseado, y a veces denostado e ignorado. Si la mayoría de los textos de este libro son de mi vida interior, este forma parte de mi vida exterior y me permite sacar la cabeza y respirar un poco sin alejarme demasiado del mundo y la época que intento retratar. Espero que a los lectores también. Sé además que esta vez no me meteré en líos: son sus palabras, no las mías. Y los odiadores podrán decir que es el mejor texto del libro, puesto que no lo he escrito yo.

Llegué al cine Phenomena y vi que había una cola que rodeaba toda la manzana. Había pensado en la ropa estratégicamente para vestir un poco sobrio. Iba con las New Balance blancas y azules que compré en Madrid, unos Levi's, una camiseta blanca y la pulsera de oro familiar que más tarde fue alabada por Serra y su equipo.

Vi la cola, saludé a Gabriel, que estaba en compañía de dos mujeres del equipo de Serra. Gabriel me presentó como «joven cinéfilo».

Entré en la sala, estaba en una esquina muy mal situado porque todos los chalados habían llegado una hora antes. Serra entró antes de la proyección de la peli y dijo: «Aquest lloc es diu Phenomena Experience, però això sí que serà una "experience"» [Este sitio se llama Phenomena Experience, pero esto sí que será una «experience»]. Yo no me reí, no me hizo gracia.

Pasaron la película. Me pareció la más completa de Serra hasta aquel momento. Fuera de la sala me volví a encontrar con Gabriel, que me presentó a Albert, que me dio una mano blanda y desmayada, casi muerta incluso.

Entonces la productora de Serra, Montse Triola, dijo: «Anem a fer un Twist» [Vamos a hacer un Twist].

Y en el camino hacia el Twist fue cuando me hice amigo de todos porque Gabriel me los fue presentando.

Una vez en el bar, Gabriel dijo que nos habíamos conocido en la presentación de mi madre, pero se equivocaba, nos habíamos conocido en Cadaqués unos meses antes. En ese momento, Gabriel, que es muy inteligente, decidió no seguir presentándome como «joven cinéfilo» y decir simplemente «Héctor».

Llegamos al Twist y durante media hora fui hablando con personas de distinta índole, pero todos eran artistas y todos hablaban de su propia obra. Conocí al director de sonido de las pelis de Serra y fue la conversación más interesante de esa vuelta de reconocimiento previo.

Entonces Gabriel me dijo que iba dentro a buscar una copa y yo decidí acompañarle porque también tenía sed y allí Gabriel me volvió a presentar a Serra, esta vez contándole un poco el contexto familiar. Lo primero que me dijo fue: «Ah, és clar, conec l'Oscar. Sou tots uns malgastadors» [Ah, claro, conozco a Oscar. Sois todos unos malgastadores].

Yo, sorprendido y chocado por la familiaridad, le pregunté cómo estaba al tanto de eso y él respondió que sabía que Oscar vivía a lo grande, que había leído un par de cosas tuyas en las que mencionabas que eras muy gastona y que también conocía el mito de manirrota de la abuelita.

Allí empezamos una conversación no lenta, pero sí precavida por mi parte. Serra en ese momento estaba charlando con la heredera de una empresa de galletas que se había vendido por novecientos millones de euros. La mujer iba con un vestido de Isabel Marant que Serra y yo decidimos que era muy feo. Él, además, detestaba a Isabel Marant por haberse metido en una ocasión con Karl Lagerfeld. Una de las primeras cosas que dijo sobre sí misma fue que estaba un poco loca y que era la *femme fatale* de su familia. Eso me descorazonó un poco. Le pregunté qué iba a hacer con novecientos millones porque vi que culturalmente no tenía mucho fondo, así que tiré por la rama más económica y le pregunté eso. Serra se lo tomó muy mal: «Héctor, ets el més mercenari dels que som aquí dins» [Héctor, eres el más mercenario de los que estamos aquí dentro]. «En el moment en que hagis d'escollir entre l'art i els diners, tu sabràs...» [En el momento en que tengas que escoger entre el arte y el dinero, tú sabrás...]. Y me dijo más cosas en la misma línea, un poco repetitivas.

Pasamos cinco horas de gente que iba y venía para saludar a Serra. Me presentaron a Práxedes de Vilallonga, que me pareció muy simpática e inteligente, y con ella nos presentaron a su novio. Era la primera vez que Albert lo veía, y Albert les dijo que durarían tres o cuatro meses. Yo creo que durarán poco porque Práxedes es muy alta, sinuosa como una serpiente y va muy bien vestida; el otro era mayor que ella, con canas, con un bigotillo ridículo, una camisa de flores que pretendía ser un poco Serra y no llegaba. Serra llevaba toda la noche diciéndome que el peor error del hombre era confiar en una mujer. También se lo dijo al novio de Práxedes, que replicó: «Ella no, ella és com un esquirol, jo li dic el meu esquirolet» [Ella no, ella es como una ardilla, yo la llamo mi ardillita]. Nos miramos Serra y yo y no dijimos nada. Serra le pidió al novio, que es publicista, que le consiguiese alguna campaña política, el partido daba igual «perquè tots tenen alguna cosa bona» [porque todos tienen alguna cosa buena].

Se acercó un fan en medio de la noche y le preguntó quién era mejor si Balzac o Stendhal, y a Serra casi le ofendió la pregunta porque es un gran fan de Stendhal. Luego empezaron a hablar de una cosa de los sentimientos y su análisis, que no me interesó mucho, la verdad.

Entonces nos pidieron que no nos quedásemos en la entrada del local porque había demasiada gente. Serra les contestó con un pasivo «val, val, molt bé» [vale, vale, muy bien]. Nos miramos los dos a los ojos y yo dije: «Jo d'aquí no em moc» [Yo de aquí no me muevo], lo que provocó la risa de Serra. Regresó Gabriel y dijo que él ya sabía que nos caeríamos muy bien: «Ens hem de confabular perquè les ments bones i lúcides es trobin» [Tenemos que confabularnos para que las mentes buenas y lúcidas se encuentren]. Gabriel hizo varias fotos, para guardar el momento, supongo. Un fotógrafo *random* aprovechó para sacarnos una foto y Serra me cogió por los hombros como si fuese una foto de familia y me dijo que aquel fotógrafo solo disparaba en analógico, cosa que a mí no me impresionó mucho porque para papá eso es algo muy básico. Le conté que papá trabajaba para Bofill, dijo que le admiraba mucho, que era más importante que Oscar y que le había apenado mucho su muerte, y que solo por eso ya quedaba demostrado que papá era «el més ben parit de tota la familia» [el mejor parido de toda la familia].

Albert no paraba de beber vasitos de plástico de vino. En un momento, la chica de las galletas le dijo a Albert que mirase su móvil porque le había mandado un mensaje. Albert dijo que yo era su representante y que solo yo podía mirar el mensaje. Ella dijo: «Albert, no siguis tan infantil» [Albert, no seas tan infantil]. Él miró el mensaje y dijo: «No entenc res» [No entiendo nada]. De todos modos, al final de la noche se fue con ella. Es muy irónico porque me hizo la broma de escoger entre el dinero y el arte y al final de la noche, mira por dónde, el tío había escogido.

Sobre las tres y media nos dijeron que nos fuésemos y entonces aparecieron tres nuevos personajes, unos chicos muy jóvenes que intentaron convencerme de que me fuese de *after* con ellos, y uno de ellos, el más interesante según mi opinión, me dijo: 1. Que yo parecía el único barcelonés de la sala. 2. Que me parecía a uno de los actores típicos de Pasolini, yo creo que se refería a Ninetto Davoli. 3. Me preguntó cuál era mi rapero favorito de España. Le contesté y me dijo que no tenía ni idea, que el que era realmente bueno era su rival. Todo dicho con cierto humor y respeto porque quería convencerme de que me fuese de *after* con ellos.

Y de repente apareció un taxi y lo cogí.

OTELO

Hace una semana, me desperté de golpe en medio de la noche convencida de que la muerte de nuestro perro Otelo treinta y cinco años atrás había sido culpa mía. Y de que ni mi madre ni mi hermano Edgar, los verdaderos dueños del perro, los amantes de los animales –a mí me gustaban siempre y cuando no me diesen demasiado la lata y no tuviese que ocuparme de ellos, un poco como me pasa con las personas–, habían tenido la generosidad heroica de no culparme por ello.

Al cabo de unos días, decidí ir a ver a Edgar para darle las gracias y pedirle disculpas. Entré en el bar como si tuviese un cuchillo manchado de sangre en las manos y no supiese cómo había llegado hasta allí.

–Edgar, ¿puedo hablar contigo un momento? –le pregunté sin atreverme a mirarle a los ojos.

–Niña, ¿qué pasa? ¡Claro! –respondió mi hermano, que siempre se alarma y se tortura por lo que no tiene importancia y que muestra un desprecio olímpico por las cosas que sí la tienen.

Estaba a punto de echarme a llorar.

–Es que... –dije.

–Me estás asustando –respondió el pobre Edgar llevándose la mano al corazón. (Puede que de aspecto parezcamos un poco nórdicos, pero somos latinos hasta la médula.)

–Es que el otro día me di cuenta de que la responsable de la muerte de Otelo fui yo –dije–. Se comió mis medias. Si hubiese dejado la puerta de mi dormitorio cerrada y si no hubiese sido tan horriblemente desordenada, esas medias no hubiesen estado tiradas por el suelo y Otelo no se hubiese muerto. Y te quería dar las gracias, a ti y a mamá, por no haberme hecho sentir mal, por no habérmelo reprochado nunca. Recuerdo cómo regresasteis los dos a casa del veterinario de urgencias, de madrugada, sin el perro, con los ojos hinchados de llorar, tú todavía sollozando, mamá más serena.

Y Edgar, mirándome con consternación y cariño, recordando que su hermana está un poco loca, dijo:

–Otelo estaba recibiendo un tratamiento de cortisona para la piel, ¿no te acuerdas? Y la cortisona provoca en los perros, al menos en los perros de esta raza, que se lo coman todo como cuando son cachorros. No fue culpa tuya.

–Pero si hubiese cerrado la puerta de mi cuarto, si no hubiese dejado mis medias tiradas...

–Fue la cortisona –repitió con suavidad–, y no me puedo creer que pienses en eso ahora, treinta y cinco años más tarde, y que te sientas culpable.

–¿Por qué no tienes perro? –le pregunté entonces–. Te encantaban. Deberías tener un perro. Mamá siempre lo decía, que a quien de verdad le gustaban los animales era a ti.

Mi hermano afirmaba siempre no recordar casi nada de nuestra infancia y adolescencia. Me resultaba muy difícil hacerle rememorar un pasado común del que a menudo éramos ya los únicos testigos. Pero vi en su sonrisa tranquila y en su mirada lejana que le gustaba recuperar aquel recuerdo. Y que era un recuerdo verdadero y no uno de los inventos de mi memoria enferma. Y pensé que tal vez, dentro de un tiempo, se compraría un perro o recogería a uno abandonado.

–Pero me dijiste una cosa una vez –dijo entonces.

Porque nunca estamos a salvo del todo durante mucho tiempo.

–Algo horrible, ¿no? –pregunté–. Decía cosas terribles.

Él sonrió.

–Un poco, sí.

De pronto los treinta y cinco años que habían pasado desde Otelo me parecieron una eternidad.

–¿Qué te dije?

–Un tiempo después de la muerte accidental de Otelo, murió Nana, su madre, de vieja. Nana sí que había sido mi perra, mamá me la había regalado especialmente a mí. Fuimos ella y yo al veterinario y decidieron que lo mejor era sacrificarla. En el trayecto de vuelta conducía yo, no hacía mucho que me había sacado el carnet de conducir. Estaba llorando tanto que las lágrimas me cegaban y mamá me obligó a parar el coche encima de la acera para que no tuviésemos un accidente.

–Sí, recuerdo que llegasteis a casa desconsolados los dos.

–Y entonces, al cabo de un par de días, me dijiste: «Has llorado más por Nana de lo que lloraste por papá».

–¿Te dije eso? –Era una frase asquerosa y no era imposible que lo hubiese dicho. Entonces, pensando muy deprisa y recordando las miles de veces durante la infancia que había aprovechado mi ventaja de ser la hermana mayor y de ser chica, y por lo tanto mucho más espabilada para salirme con la mía, añadí–: Pero eso era algo bueno, ¿no? Quería decir que amabas de verdad a Nana. Eso es importante.

–Ya. Venga, siéntate, niña –me dijo señalando una mesa libre. Volvió al cabo de dos minutos con una galleta partida en trocitos–. A ver qué te parece, es una receta nueva, está inspirada en la tarta Sacher. Porque seguro que todavía no has desayunado, ¿verdad?

EL MEJOR BAÑO DEL VERANO

En Cadaqués, cada mañana, hacia las ocho u ocho y media, me voy a bañar a la misma playita. Debe de ser la playa más minúscula del mundo. Durante unos meses, cuando el agua sube, ni siquiera merece el apelativo de playa porque toda la arena desaparece cubierta por el mar y solo quedan a la vista las rocas.

Cada mañana salgo de casa sin móvil, sin llaves (dejo la casa, donde a esas horas todavía duermen los hombres de mi vida, abierta, al cuidado de Patum, un labrador negro que los protege a todos, especialmente a uno, porque en serio en esta vida solo se puede proteger a una persona, o ni siquiera a eso).

Voy siempre sola, no quiero que nadie me desconcentre, me importuna la presencia de extraños, aunque sepa que con el paso de los días se acabarán convirtiendo en amigos: bañarse muy temprano por la mañana, como bañarse de noche o bañarse con lluvia, es cosa de locos y los locos siempre se acaban encontrando. Durante estos días de agosto, una pareja se instalaba cada mañana en el muelle de la izquierda, hacían estiramientos y luego se bañaban desnudos. También conocí a un exmafioso con un perro muy bonito que me hablaba de los asesinatos de su pueblo mientras mirábamos el mar. Pero antes de encariñarme con aquellas personas, de tomarlas como testigos de mi bautizo diario, las odio siempre durante unos días, acaparadora furiosa del mar de agosto a las ocho de la mañana, de la promesa intacta y solitaria de otro día espléndido de verano. El año pasado apareció un cormorán en mi playa, se bañaba conmigo y me convencí de que le había domesticado y de que cada mañana me reconocía y me esperaba.

Mis compañeros de baño no saben lo que busco, ignoran lo que espero, que es algo muy simple y sencillo: el mejor baño del verano. Espero día tras día el mejor baño del verano. Me ven salir del agua, secarme deprisa, subirme a una roca para otear el horizonte y sentir el sol todavía suave sobre la piel. Cada baño en el mar es un baño feliz, siempre es mejor bañarse que no bañarse. En el mar es cuando más advierto la diferencia entre el cuerpo y el alma: el cuerpo se pliega, obedece, se relaja, el cuerpo es agradecido, incluso viejo a veces sigue siendo como un cachorro contento y satisfecho, el alma es ingobernable.

Este año no ha habido mejor baño del verano, tampoco ha habido amor del verano, ha habido dos o tres amores, en fila india, pequeños y asustadizos, intercambiables, egoístas y escasos, exigentes y agotadores y que en las noches oscuras me susurraban al oído: no soy yo, ¿no lo ves?

Hay años enteros en los que no pasa nada, en los que simplemente no nos es dado el mejor baño del verano (ni la mejor fiesta de cumpleaños, ni unas Navidades felices, ni un amor inmortal). Hay años con fiestas de cumpleaños de mierda, Navidades solitarias, libros mediocres y amores que solo servirán para guiarte hacia otros (señales de tráfico de piel dorada y músculos largos, crueles e ingenuos, malcriados y estoicos, más listos que el hambre y absolutamente tontos). No son años perdidos, la vida tiene una manera particular de derramarse y despilfarrarse cuando somos felices y de recogerse y esperar en la adversidad. Este año no ha habido «el mejor baño del verano», tal vez el año que viene haya dos.

ENSAYO GENERAL

El otro día, un amigo director de teatro nos invitó al ensayo general de su nueva obra. Nunca había asistido a un ensayo general y me hizo tanta ilusión que me vestí como debería vestirme y casi nunca me visto –porque soy terriblemente esnob y bastante anarquista, una combinación típicamente burguesa– cuando me invitan a un estreno: me puse tacones y una blusa bonita. La obra se representaba dentro de una especie de caja de madera clara, cuadrada, pequeña, sin techo y con una puerta invisible, los espectadores nos sentábamos en una tribuna construida con el mismo material y en principio nadie podía entrar ni salir durante la representación, el director nos lo advirtió antes de comenzar la obra, por si había alguien con claustrofobia. No conocíamos a nadie, solo al director, y sin embargo al entrar en el cubículo, los actores nos saludaron amables, nerviosos, jóvenes y sonrientes. Los otros espectadores también parecían contentos y hablaban entre ellos, excitados y expectantes.

Pensé que en realidad tal vez todo debería ser siempre como un ensayo general, cuando estás listo y preparado, con el deseo de hacerlo lo mejor posible, pero todavía quedan algunas horas para rectificar.

No me gustan los estrenos ni las ocasiones formales, la obligación de vestirse de fiesta, de mentir, de decir tonterías, de beber champán malo o bueno, pero me gustan los ensayos generales y me parece que la vida en general se parece más a eso: no lo hacemos del todo bien, no estamos nunca lo suficientemente preparados, llevamos ropa vieja y vamos sin maquillar, estamos un poco cansados, un poco tristes y un poco solos, pero lo hacemos lo mejor posible.

El público de un ensayo general es la gente que nos aprecia, que está de nuestro lado. No son los críticos, ni la prensa, ni los productores, ni la gente guapa, son los que desean que las cosas nos vayan bien de verdad, los que alientan y celebran nuestros triunfos y los que seguirán estando ahí cuando todo vaya mal. Ese es el público, el de un ensayo general y también el de la vida, los otros, los resentidos, los puritanos, los envidiosos, los miserables y los cobardes nunca son invitados a un ensayo general.

Ensayaremos con la mejor fe posible y la próxima vez, o dentro de mil veces, lo haremos mejor, y un día no muy lejano, lo haremos perfecto. «Claro, hay margen siempre», añade Héctor, mi hijo de quince años, al salir del teatro, «otra gente, otras oportunidades, otros libros, otras películas, incluso tal vez haya otra vida.»

Y aceleramos el paso, porque hace fresco y ha empezado a llover.

Barcelona, 2024

ÍNDICE

Impreso en Talleres Gráficos
LIBERDÚPLEX, S. L. U.,
ctra. BV 2249, km 7,4 - Polígono Torrentfondo
08791 Sant Llorenç d'Hortons